KB170425

대왕의 종

님에게

건강과 행복이 가득하고
하시는 일 크게 이루시어
대왕의 종을 울리시길
기원합니다.

년 월 일

드림

에헤야 어미야

에헤야 아비야

네가 아파 그리 크게 울더니

네가 죽어 이제 부처님 음성이 되는구나.

에헤야 어미야

에헤야 아비야

에미 업장 네가 지고 가나

내가 뛰어들어 저 뜨거운 쇳물을 내 등으로 막을까나.

에헤야 어미야

에헤야 아비야

대왕의 종

도학회 지음

종문화사

들어가며

삼국유사 성덕대왕신종에 대한 기록을 보면 770년 12월 왕이 유사有司를 정하여 종을 만들기를 명하고 이듬해 771년 12월에 종을 완성한 것으로 되어 있습니다.

효성왕 2년(738년)에 세워진 성덕대왕의 원찰 봉덕사에서 경덕왕(742) 즉위 이후부터 시도된 성덕대왕신종 주종의 경험이 쌓여서 단 1년 만에 완성했다는 것이 불가능한 것은 아니지만 제가 오랜 시간 조각을 하고 종을 만들어본 경험으로, 성덕대왕신종의 문양을 하나하나 점검해본 결과 1년의 시간은 참으로 벅차다는 생각이 들었습니다. 그래서 약 1년 반에 걸쳐 금정과 만교라는 가공의 두 인물이 성덕대왕신종 제작에 참여한 것으로 설정했습니다.

이글에 나오는 시간대별 역사내용은 『삼국사기』 〈신라본기 혜공왕 편〉의 기록으로 하였으며 기록에 없는 일부는 그 시대를 추측하여 임의로 넣었습니다. 두 주인공과 일부 인물들 외에는 역사에 나오는 실명을 그대로 도입했습니다.

일반적으로 통일신라시대에 종을 만드는 방법은 밀납을 이용해서 조각을 한 것으로 판단되고 있습니다. 저는 이 방법으로 직접 종을 만들면서 경험한 것을 바탕으로 이글을 썼습니다.

17등급으로 나누는 통일신라시대 골품제도 사회에서 5품 또는 4품 출신의 뛰어난 기술자들은 신분의 상승을 꾀하여 박사博士라는 직급을 얻어 10등급 대나마大奈麻, 11등급 나마奈麻 또는 12등급 대사大舍라는 중간계급까지 진출한 경우도 있지만 대부분의 기술자들은 지배계층의 집에 하인(下典 또는 下戶)으로 살았습니다. 일이 잘 되면 그 공은 주인에게 돌아가고 일이 못되었을 때는 책임을 지고 목숨을 바치기도 했을 것입니다.
이 소설의 두 주인공은 역사에 이름 한자 남기지 못한 그들을 모델로 하였습니다. 부족한 이글을 그분들께 바칩니다.

도학회

차 례

들어가며

1. 감은사 문무대왕신종 – 소리의 신탁이 내리다.   18

2. 진여원의 맑은 종소리 – 화랑의 얼을 품다.   50

3. 양지스님의 흔적을 찾아 – 신비로운 조각승   75

4. 황룡사대종 – 위대한 왕을 위하여   88

5. 성덕대왕신종 – 천지율려의 '한 소리'   115

글을 마치며

대왕의 종

〈등장인물〉

금정, 만교, 박종일 대나마, 박빈내 나마, 금정아내, 가실, 한림공 김필해,

김양상, 모후, 군관댁 하녀, 화주승 기타

　왕의 즉위 4년 무신년, 경덕대왕이 돌아가시고 왕위에 오른 적자 건운이 삼년상의 예를 다했으나 나라가 더 불운하고 불길한 일들이 자주 일어난다.

4월, 혜성이 동북쪽에 나타났다.

5월, 하늘을 달래기 위해서 여름이 들어서자 사형수를 제외한 죄수들을 방면하였다.

6월, 그래도 왕경王京에 벼락이 치고 우박이 내려 초목이 상하였다. 큰 별이 황룡사 남쪽에 떨어졌다. 지진이 발생하였는데 그 소리가 벼락소리 같았고, 우물과 샘이 모두 말랐다. 호랑이가 대궐에까지 들어와 돌아다녔다.

7월, 일길찬 대공이 그의 아우인 아찬 대렴과 함께 반란을 일으키고, 반도를 모아 33일간 왕궁을 포위하였다.

8월, 왕의 군사가 이들을 토벌하여 평정하고, 9족을 모두 처형하였다. 반란을 수습하느라 나라가 혼란스럽다.

9월, 사태를 수습하고 당에 사신을 보내 조공하고 우의를 돈독히 하였다.

10월, 나라를 일신하여 새롭게 다스리고자 이찬 신유를 상대등으로 임명하고, 이찬 김은거를 시중으로 임명했다.

왕실에서는 30여 년 전 경덕대왕 즉위부터 시도되어온 성덕대왕 신종의 주종에 대한 논의가 있었다. 이는 백성들이 한마음으로 어버이처럼 따랐던 성덕대왕을 내세워 흐트러진 민심을 안정시키고 왕실의 위엄을 세우기 위함이었다. 예부에서는 박종일 대나마를 주종박사로 하여 네 명의 차박사次博士와 주종에 관련된 공장工匠들을 모아서 주종준비에 착수했다. 공장들은 예부 직속도 있으나 대부분은 각 귀족들의 집에서 하전下典으로 있는 자들을 왕명으로 차출하였다.

즉위 5년 기유년 봄 3월, 왕의 모후 만월부인이 임해전에서 여러 신하들에게 연회를 베풀고 왕실의 위엄을 보였다.

4월, 천기가 고르지 않고 민심의 요동이 있다.

5월, 메뚜기 떼가 극성을 부려서 농사를 망쳤다.

6월, 봄여름 농사를 망쳐서 굶주리는 백성들이 늘어났다.

7월, 더위에 역병의 기운이 보였으나 크게 창궐하지는 않았다.

8월, 북방 변경에서 오랑캐들과 작은 충돌이 있었으나 바로 진압하였다.

9월, 많은 어려움을 이기고 가을농사가 풍요롭게 결실을 맺었다.

10월, 소를 잡아 하늘에 제사를 지내고, 공적이 많은 이들에게 전답을 나누어 주고 음성서音聲署의 악사들을 대거 동원하여 연회를 베풀어 신하들을 위로하였다.

금정은 벌써 몇 번째인지도 모르게 보상화문寶相華紋을 흙으로 다듬고 있는 길문대사댁 하전 만교를 바라보고 있다. 금정이 만교에게 흙으로 보상화문을 다듬으라고 한 지가 일 년이 지났고, 그동안 한 자 넓이 정도 되는 문양이 일백 보보다도 더 길 것이다.

만교는 흙을 다루는 손재주가 있는데다 끈기까지 있어서 성덕대왕신종에 들어갈 문양을 새기는데 필요한 능력을 거의 갖추어 가고 있다. 이렇게 계속 반복하여 보상화문을 만들게 하는 것은 보상화문을 잘 새겨야 종에 들어가는 문양을 잘 새길 수 있기 때문이다.

보상화문은 손재주로 새기는 것이 아니라 그 형태가 몸에 완전히 녹아들어서 언제 어디서든 자유자재로 할 수 있어야 되는 것이다. 특히 기운생동하면서 뻗어나가는 연화화생의 보상화문을 칼로 긁어서 만드는 것과는 차이가 완연하기 때문에 여간 훈련을 해서는 그 맛을 살릴 수가 없다. 이전에 만든 감은사종과 진여원종에 들어간 초문은 양각陽刻으로 만들면 도저히 그 기운생동을 나타낼 수가 없어서 전부 판을 칼로 음각으로 긁어서야 효과를 보았다. 황룡사종에 들어간 보상화문은 양각으로 빚어서 새겼는데 그리 빼어나지는 못했다.

금정은 경덕대왕이 무신년 처음 성덕대왕신종을 시도할 때부터 이 일에 중책으로 참가한 것은 아니다. 30년 가까이 몇 번의 실패가 있었고, 일이 더뎌지면서 지난번 새로 주종의 책임자로 임명된 주종박사 박종일 대나마가 금정에게 중책을 주고 만교는 새로 불러 온 것이다.

"만교는 정말로 열심히 하는구나. 오늘처럼 하늘에 제사 지내는 날은 하루쯤 쉬어도 아무도 뭐라 하지 않아."

"특별히 할 일이 없어서요. 대공장님은 하늘제사에 가십니까?"

"우리가 어떻게 그런 연회엘 가나. 대나마님은 참석하신 것으로 알아."

"10월의 하늘제사는 제일 볼거리가 많지 않습니까. 우리 같은 사람들은 언제쯤에나 다른 사람의 눈치를 보지 않고 그런 곳에 갈 수 있을까요?"

"언젠가 그런 날이 오겠지."

"어느 세월에요. 이 골품제가 없어지지 않는 한 요원한 일이지요."

"언젠가는 그런 날이 올 것이야. 그런 생각을 하는 것보다는 실력을 쌓는 일이 더 중요해."

"이제는 보상화문을 만드는 것이 몸에 익숙해집니다."

"만교의 실력이 이제 다 익어 가는구나. 이제 조금만 더하면 나와 손을 맞추어 성덕대왕신종을 만들 수가 있겠어."

"대공장님과 손을 맞추기에는 아직 많이 모자랍니다."

만교는 금정도 자신과 같은 하전의 신분이지만 쇠로 불상을 만들고 종을 만드는 일을 오랫동안 해왔고 그 실력이 어느 누구보다 뛰어나므로 정식 직함은 아니지만 존중하는 마음으로 '대공장님'으로 불렀다.

"아니다. 어떤 부분은 이제 네가 나보다 잘 만드는구나. 빈말이 아니다. 네가 만드는 보상화문을 보니 마음이 놓여. 혹시라도 이번 종 일이 잘못되어 내가 불귀의 객이 되더라도 다음에 만들어질 종은 네가 잘 할 수 있을 것이야."

"아니, 아직 종을 시작도 하지 않았는데 무슨 그런 말씀을 하십니까?"

"그냥 안심이 된다는 뜻이니 새겨듣지는 말아라."

"대공장님, 그동안 걱정을 드릴까봐 여쭈어보지 않았는데 종을 만드는데 쇳물만 잘 다루면 되지 왜 흙을 다루는 연습을 이렇게 철저하게 시킵니까?"

"응, 종은 소리를 내는 물건이지만 형태가 잘 갖추어지지 않으면 보기에도 불편할 뿐 아니라 소리도 잘 나지 않게 돼."

"사람들이 쇠는 언제부터 만졌을까요?"

"나도 몰라. 옛날에 사람들이 쇠를 다루기 전에는 흙으로 그릇도 만들고 솥도 만들고 술병도 만들었지. 그 흙을 만지는 경험이 쌓여서 쇠를 다룰 수 있게 된 것이 아니겠나?"

"하긴, 흙으로 만든 틀에 쇠를 녹여 부으니 흙을 잘 다루어야 한다는 대공장님 말씀이 일리가 있습니다."

"이제 작은 종의 모양을 만들면서 어떻게 하면 좋은 종이 될까 생각해 보거라. 그동안 얼마나 많은 실패가 있었나. 왕실에서 이번에도 종을 성공하지 못하면 누군가의 목숨을 거둘지도 모르는데 내가 책임을 지고 벌을 받아야 할지도 몰라. 내가 없으면 네가 이어서 해야 되니 내가 있는 동안에 열심히 연습해야 해."

"오늘은 왜 자꾸 그런 불길한 말씀을 하십니까?"

"너무 오랫동안 종을 만들지 못하니 왕실에도 볼 면목이 없고 돌아가신 대공장 완달님에게도 면복이 없다. 그러니 이번에도 성공하지 못하면 왕실이 나를 죽이지 않더라도 내 스스로 결단을 내려야 할 것이야."

"점점 험한 말씀을 하십니다."

"옛날에 완달님이 진여원종을 만들 때는 단 한 번에 성공을 하셨는데. 이번에는 벌써 몇 번째인가? 쇳물이 터져서 사람을 상하게 하지 않나, 간신히 주조에 성공은 했지만 두께 조절에 실패해서 소리가 제대로 나지 않아 깨버리질 않나 … , 이보다 더 무거운 황룡사종도 한 번에 성공을 했는데."

"그런 과정을 거쳤으니 이제는 정말로 신품이 나오겠지요. 저도 신명을 바쳐서 도와드릴 것이니 너무 걱정 마십시오."

"그래야지. 이번만큼은 무슨 일이 있어도 성공해야지."

"오늘은 늦었으니 그만 들어가시지요."

"만교는 대사댁에서 장가를 언제 보내주시려나?"

"이 종을 잘하면 이웃 군관댁 하녀와 인연을 맺어 주신다 하시는데 잘 모르겠습니다. 그런데 저는 그 하녀가 얼마나 무서운지 벌써 두렵습니다요."

"만교 나이도 벌써 장가갈 나이가 한참 지나서 배필이 나서면 빨리 가야지."

"어디 여우같은 낭자 없을까요?"

"여우같은 여자, 여우 짓만 해."

"대공장님께서는 마노라님을 어디서 만났어요?"

"나? 하하 궁금해? 부처님이 보내주셨어."

"아니, 부처님은 머리를 깎게 하시는데 장가도 보내줍니까?"

"그럼. 어때, 오늘 우리 집에 가서 한잔할까?"

"안됩니다. 늦으면 대사댁에서 혼납니다."

"아니, 누가 너를 혼내느냐? 너는 왕명으로 종을 만들라는 중책을 맡은 사람인데."

"그럼, 딱 한잔만 하겠습니다."

"그러세. 우리 같은 천한 것들이 뭘 마음대로 할 수 있겠나. 그저 시키면 시키는 대로 해야지. 죽어야 살 수 있는 미물들이지."

"대공장님은 대나마님과 함께 일을 하는 것이 불만입니까?"

"왜? 내가 불만이 많아 보여?"

"그렇다기보다 천한 신분인데도 아시는 것은 지체 높은 귀족들 못지않은데 사람대접을 못 받으니 불만이 많을 것 같아서요."

"그렇지 않아. 언젠가 부처님 말씀처럼 중생의 마음에 있는 불성이 모두 다 평등하다는 것을 깨닫는 좋은 세상이 오면 우리 같은 사람도 가마를 탈 수 있을 것이야."

"언제 그런 세상이 올까요? 이런 얘기, 높으신 분들이 들으면 맞아 죽습니다."

"우리 천민들끼리 있을 때 늘상 하는 말인데 뭘. 늦었다, 한 잔이라도 더 마시려면 빨리 가자."

"번번이 폐를 끼쳐서 송구하옵니다."

"하루 이틀도 아니면서 뭘 새삼스레 예를 차리시나. 마시고 취하지만 말아요." 이미 할머니의 모습을 보이는 금정의 아내가 술상을 내려놓으며 만교가 하는 인사를 시큰둥하게 받았다.

"취하지 않을 테니 걱정 마십시오. 대공장님, 마노라님은 젊어서 꽤 고왔던 것 같은데 어디서 만났어요?"

"아까 부처님이 보내주셨다고 하지 않았나."

"그러지 마시고."

"실은 돌아가신 완달님이 진여원종을 만들 때 같은 조실부모한 처지인 나와 친한 벗이 함께 망덕사에 머물면서 심부름을 하고 있었다. 그때 진여원종을 시주한 유휴대사댁 부인이 데리고 다니던 몸종인데 스님이 부인에게 나를 소개하면서 '이놈은 절에 머무를 팔자가 아니라'면서 그 몸종과 맺어주기를 채근하셨는데 그것이 인연이 되어 이리 되었네."

"정말로 부처님이 보내주셨네요. 나도 이번에 종을 완성하고 나면 군관댁 하녀와 인연이 맺어지기 전에 부처님이 어디 천상의 여자라도 보내주시기를 빌어야겠습니다."

"군관댁 하녀가 그렇게 무서워?"

"말도 마십시오. 벌써 제가 지 서방이 된 것인 양 길을 가다 만나면 낚아채서 골목으로 끌고 들어가는데 힘이 장사라서 어쩔 수가 없어요."

"여자는 건강한 것이 제일이야. 그래야 아이를 쑥쑥 잘 낳지."

"저는 무서운 여자 싫습니다. 뭐니 뭐니 해도 여자는 미색이 제일이지요."

"꽃은 아무리 오래 피어도 백일이야. 여자는 건강이 제일이야. 군관댁 하녀가 보기에는 우악스러워도 자네를 위하는 마음은 제일일 것이야."

"그래도 싫습니다. 대공장님, 지금까지 저에게 흙으로 이것저것 만

들라고 하셨지 정작 종에 대해서는 말씀을 안 해 주셨는데 오늘 들
려주세요."

"이보게, 여기는 술 마시러 왔네. 다음에 기회가 되면 말해주겠네."

11월, 북원경 치악현에는 눈이 내리지 않아 가뭄이 극심한데 쥐 8,000여 마리
　가 평양 쪽으로 떼지어 몰려갔다. 이를 보고 사람들은 살기가 점점 어려
　워질 것이라며 두려워하였다.

12월, 왕실에서는 성덕대왕신종을 위하여 다시 놋쇠를 거둘 것을 각급 관리들
　과 사찰의 화주승들에게 명하였다.

1. 감은사 문무대왕신종 - 소리의 신탁이 내리다.

경술년 정월, 왕이 서원경에 행차하면서 지나가는 주와 현의 죄수들을 특사
　　하였다.

2월, 시기가 이른 먼지바람이 불어와서 사람들이 코를 막고 다니고, 기침을
　　하는 자들이 많았다.

3월, 왕경에 흙비가 내렸다. 연후에 큰비가 내리고 강풍이 불어오니 꽃잎이
　　대부분 떨어졌다.

금정은 보름 정도 출타를 청하려고 박종일 대나마를 보좌하여 이번 주종의 일 관리를 맡고 있는 박빈내 차박사에게 갔다. 박빈내 차박사는 박종일 박사의 일가인데 오랜 시간 박종일을 돕다보니 박종일이 자신의 다음을 이을 주종후보자로 삼아서 차박사의 지위를 준 것이다. 금정보다 서너 살 아래이다. 그는 주종의 일은 잘 하지만 모양을 만들거나 다듬는 솜씨는 타고 나지 못해서 금정에 비길 바가 못 되지만 나마의 품계를 가지고 있어서 천인의 위치에 있는 금정으로서는 그의 말을 따라야만 했다. 하지만 박종일 박사와 박빈내 차박사 모두 금정의 실력과 인품을 알기에 웬만해서는 질책을 하지 않았다.

그렇지만 왕실에서 다시 종을 만든다는 말이 있고부터는 금정을 볼 때마다 일에 빈틈이 있으면 안 된다고 주의를 준다. 첫 번째 주종 실패 때는 커다란 처벌은 없었지만 두 번째 실패에는 주종을 맡은 박사들이 바뀌었고, 세 번째에는 금정을 포함해서 모두들 많은 질책을 받았으나 주종의 책임자는 바뀌지 않았다.

경덕대왕 시절 불상을 만들고 있던 금정이 주종의 일에 막 불려 와서는 종두를 만드는 것만 거들었고 종의 거푸집을 만드는 일에는 가담하지 않았다. 주종박사들의 지시를 따라 일을 했지만 쇳물을 붓고 거푸집을 해체하고 보니 종에 금이 가서 망치고, 두 번째는 또 깨어질까봐 너무 두껍게 하는 바람에 소리가 제대로 나지 않아서 다시 만들라는 명이 내렸고, 세 번째는 거푸집이 제대로 구워지지 않았는지 쇳물과 흙이 엉겨 붙어 종의 형상이 곳곳에서 주저앉은 것이었다. 사실은 그 원인을 알 수 없었다. 그래서 이번에 네 번째로 다시 만들게 된 것이다.

"박사님, 청할 것이 있습니다."

"금정이, 자네가 무슨 청할 일이 있는가? 벌써 세 번씩이나 일을 그르치고 있네. 다시 이야기하지만 이번에도 종을 성공하지 못하면 왕실에서 책임을 엄중히 물을 것일세. 돌아가신 선왕께서는 백성을 사랑하시는 덕이 커서 거듭된 실패에도 크게 책임을 묻지 않으셨지만 이번 새 왕의 모후의 성품은 어떨지 몰라. 누군가 명줄이 끊어질 수도 있어."

"송구스럽습니다. 이번에도 실패하면 제 스스로 목숨을 버릴 것입니다."

"자네 스스로 목숨을 말할 필요가 있는가?"

"보아하니 이번 성덕대왕신종은 사람을 하나 잡아먹어야 성공할 것 같습니다. 그러니 이번에도 실패하면 소인이 목숨을 내놓아야지요."

"사실은 일이 너무 안 되니 '사람을 바쳐야 하는가?'라는 말들이 오가고 있네. 아무에게도 말하지 말게."

"사람을 종에 순장한다는 말입니까? 이미 오래전 지증대왕 때부터 순장은 금지되고 있는데요."

"누가 그것을 모르나. 종 하나 만드는데 선왕부터 30년이나 넘게 실패를 하고 있으니 어디 면목이 서겠나. 그래서 지난번 주조가 실패하고 2월에 영묘사 남쪽 신전에서 기원을 올리는데 사람을 바쳐야 한다는 신탁이 나왔다는구먼."

"그럼, 바칠 사람을 물색한다는 것입니까?"

"성스러운 왕의 일이고 부처님께도 바치는 것인데 내놓고 그럴 수가 있겠나. 난감한 일이네."

"꼭 사람 목숨이 필요하다면 소인을 바치겠습니다."

"그런 신탁이 나왔다는 것이지 꼭 그렇게 하겠다는 것은 아닐 것이야."

"큰일에는 꼭 희생이 따르더라고요."

"그건 그렇고 무슨 일로 나를 찾았는가?"

"한 보름간 만교하고 감은사, 진여원, 황룡사에 갔다 오려고 합니다."

"왜? 그곳은 모두 대종이 있는 곳이 아닌가. 알았다! 만교에게 종을 가르치려고 하는구나."

"그렇습니다. 소인도 이제 쉰다섯입니다. 언제 무슨 일이 있을지 모르니 만교에게 단단히 일러주려고 합니다. 그리고 직접 종을 보면서 설명하면 더 좋을 것 같아서요."

"그런 뜻이라면 보름이 아니라 달포라도 시간을 주어야지."

"고맙습니다."

"어린 왕께서 보위에 오른지가 육 년이 지났네. 왕실에서 상대등과 시중어른을 새로 임명하시어 조정을 정비하고, 조상에 보은하고, 하늘에 감사하고, 왕실의 위엄을 세우기 위해서 돌아가신 경덕대왕의 소원이었던 성덕대왕신종을 다시 만들기로 잠정 결정한 것은 자네도 알고 있을 것이야. 어�째든 이번에는 꼭 성공해야 하네."

"명심하고 있습니다."

금정은 출타의 허락을 받고서 공방에서 일하고 있는 만교에게 갔다.

"만교, 풍탁을 만드는 솜씨도 여간이 아니구나. 일전에 종에 대해서 알고 싶다고 했지? 이제 말해줄 때가 된 것 같으이. 출타 준비하게. 멀리까지 출타를 해야 하니 준비를 단단히 하게."

"예? 무슨 출타입니까?"

"감은사랑, 진여원에 갔다 와야 되네."

"그곳은 왜 갑니까?"

"종을 가르쳐 달라고 하지 않았나? 종이 있는 곳에 가서 종을 가르쳐 주려고 하네. 대나마님의 허가서도 받아놓았네."

"알겠습니다."

먼지가 뿌옇던 하늘이 비가 한바탕 오고 나니 맑아졌다. 따스한 봄날이다. 금정은 만교와 감은사에 가기 위해서 아내가 챙겨주는 보리밥 덩이와 오이 등 요깃거리를 짊어지고 날이 밝기 전에 집을 나섰다. 혹시나 하여 박사의 출타허가서가 몸에 있는지도 확인하였다.

"가내고개를 넘어가려면 힘이 들 것인데 준비는 단단히 했겠지?"

"오늘은 날씨가 좋으니 발걸음이 가볍습니다."

"자네야 아직 팔팔하니 당연하지. 내 어릴 적 벗들은 이미 절반 이상이 이 세상 사람이 아니라네. 나는 다행히 부모님이 좋은 몸을 주셔서 아직은 걸을 만해."

"지체 높은 분들이야 평소 말을 타고 다니니까 걷기가 힘들겠지만 저야 허구헌날 이 두 발로 가지 않은 곳이 없는데 가내고개 정도야

금방이지요. 빠르면 오시가 지나면 도착할 것입니다."

"그래, 나도 이 두 발로 안 가본 곳이 없어. 지금이야 문무대왕 이후로 나라 간에 큰 싸움이 없지만, 그렇지 않았다면 창검을 들고 이 두 발로 온데를 누비고 다녔겠지. 그러니 문무대왕의 덕이 오죽한가?"

"하지만 그 넓디넓은 고구려 땅을 잃었지 않습니까?"

"그건 그래. 그리고 뛰어난 백제의 아름다운 유산들이 약탈당하고 파괴되고, 그 손실은 어디서 보상받을 수 있을까?"

해가 중천을 조금 벗어난 오시가 지나서 감은사에 도착했다. 감은 사에 가서 처음 마주친 스님에게 사정을 이야기하니 스님은 요기를 했는지부터 묻고는 곧장 이들을 데리고 공양간으로 가서 밥을 내준다. 집을 나올 때 가지고 온 보리밥 덩이는 가내고개에서 동해바다를 보면서 먹었지만 걷느라 힘을 써서 배가 고팠다. 공양을 마친 금정과 만교는 배가 부르니 금당에 계신 부처님께 감사의 인사를 드리려고 가는데 금당 밑에서 바다로 통하는 큰 굴이 뚫려있다.

"저기 저 굴이 무엇인가요?"

"응, 문무왕의 해중능海中陵이 저기 앞바다에 보이는 작은 바위섬인데 대왕의 혼령이 여기 금당으로 드나드시라고 만들어 놓은 것이라네."

"문무대왕에 대해서 아시는 것이 더 있습니까요?"

"아니, 그분은 내가 태어나기 전에 돌아가셨기 때문에 몰라."

"일통삼한의 위업을 완수하셨으니 참으로 훌륭한 분이지요. 그분이 아니었더라면 수시로 백제, 고구려와 뒤엉켜서 싸움을 벌이느라 우리도 언제 죽을지 모르는 목숨인데요."

"우리가 종을 만드는 것도 따지고 보면 문무대왕 덕분이야."

"네? 신문대왕 덕분이 아닙니까?"

"신문대왕의 명으로 신라 최초로 종을 만들어졌지만 신문대왕이 문무대왕을 위해서 만들었고, 또 아주 중요한 것은 문무대왕의 혼령이 종의 모양 결정에 많은 영향을 끼쳤으니 그분의 덕분이라고 할 수 있지."

"감은사는 문무대왕께서 부처님의 가피로 일통삼한을 이룰 수 있었다고 감사하는 뜻에서 짓다가 완성을 보지 못하고 신문대왕이 마저 지은 것이 아닙니까?"

"그렇지."

"그때 이미 종을 만든 것이 아닙니까?"

"종은 그후 십 년 정도가 지나서 만들 수 있었어. 신문대왕이 문무대왕을 위해서 만든 것이지."

"왜 그렇게 늦어졌습니까?"

"그전에는 절에 큰 종을 걸지 않았어. 대국인 당나라에서도 그런 일이 없었으니 어쩌면 당연하지.

"불교가 천축국에서 왔다는데 그때 같이 전해지지 않았나요?"

"내가 듣기로 천축국에는 건추(犍稚,ghantā)라는 소리내는 것이 있었다고 하는데 종은 없었다고 해. 종은 중국에서 비롯되었는데, 최초의 종은 화족들이 사용한 물건에서 비롯된 것인지 아니면 삼한인들이 사용한 소리 나는 물건에서 시작된 것인지 아주 오래된 일을 누가 알 수 있겠는가? 원래 불교의 풍습이 아닌 것은 사실이야."

"천축국에도 없었고 중국에서도 보기 어려운 큰 종을 우리 신라가 왜 만들었습니까?"

"작은 종은 중국이 우리보다 연원이 훨씬 깊지만 우리처럼 큰 종을 거의 매달지 않았지. 지금은 당나라에도 큰 종이 있을 것이지만 황룡사대종에 비하면 아무것도 아니지."

"이 감은사종은 황룡사종에 비하면 아주 작지만 보통사람보다 조금 높은 것 같습니다. 처음 만들어서 작은 건가요?"

"처음이어서 그럴 수도 있겠지. 이 종이 대종으로는 처음이니 크기를 정하기가 어려웠네. 많은 논의를 하다가 결국 대왕의 키만큼 하기로 했다는 우스개도 있네."

"대왕의 키만큼요? 저는 무슨 대단한 불교의 법칙이 있는 줄 알았습니다. 혹시 걸핏하면 '왜 대국보다 크게 했느냐?'라는 중국의 트집 때문이 아니고요?"

"우리 신라가 먼저 큰 종을 만들었으면 당이 트집잡을 일이 아니지."

"높이가 어림으로 저보다 크니 문무대왕의 키가 컸었나 봅니다?"

"왕실의 사람들은 북쪽에서 내려온 사람들이 아닌가. 북쪽사람들은 추위를 견디느라 원래 몸집이 좀 크지. 진평대왕의 키가 11척이고, 법흥왕이 7척, 법흥대왕의 어머니 연제황후가 7척 5촌, 탈해대왕은 무려 9척 7촌이었다 하니 왕실 사람은 꽤 컸나봐. 지증대왕은 옥경 길이만 한 자하고도 다섯 치이니 자네 팔뚝보다도 길었다네. 대단한 위인이지."

"그럼, 그후의 왕들께서도 키가 커야하지 않습니까?"

"그 옛날 소문을 믿을 수 있나? 왕들은 신성한 사람들이란 것을 말하는 것이지. 오래전 얼핏 경덕대왕을 뵈었는데 우리들 키와 비슷했어."

"이 종은 제 키보다 조금 크니 진짜로 문무대왕의 키 높이 같습니다."

"그렇지. 대왕의 키가 6척 정도로 큰 키였으니 금관을 쓰면 그 정도 되겠지. 그리고 그때 종을 만들던 공장들이 생각하기에 그 정도면 신문대왕이 원했던 큰 '한 소리'가 날 것이라고 예상을 해서 그렇게 된 것이야."

"한 소리라니요?"

"내가 지금부터 왜 신문대왕이 종을 만들라고 했는지 이야기할 터이니 잘 새겨들어."

"신문대왕이 감은사를 완공하고 나서 임오년 안개가 잔뜩 낀 5월 초하루 새벽, 저 앞 해관海關에서 일을 보는 파진찬 박숙청이란 사람이 바다를 감시하고 있었는데 거북이 대가리처럼 생긴 작은 섬이 감은사 쪽으로 왔다 갔다 하기에 수상하여 급히 서라벌에 보고를 하였대. 왕이 일관 김춘질을 불러 물었더니 일관이 고하길 '동해의 용왕이 되신 문무대왕과 하늘의 천신이 되신 김유신공이 대왕에게 큰 보물을 내린다'는 괘가 나오니 속히 바닷가로 나가셔서 예를 갖추라 해서 대왕은 좋은 날을 정해서 친히 이곳에 오셨단다."

"일관의 말이 틀릴 수도 있는데도 대왕이 친히 오셨어요?"

"대왕이 그 일관을 매우 신임했고 또 골치 아픈 일을 끝내고 오래 간만에 감은사에 들러 아버지 문무대왕릉께 제사를 드리고 싶은 마음도 있었겠지."

"무슨 골치 아픈 일이 있었나요?"

"왕위에 오르실 즈음 장인이었던 김흠돌이 반란을 일으켜서 엄청나게 많은 사람들이 죽었어."

"사위가 왕이 되면 좋은 일인데 장인이 왜 반란을 … "

"김흠돌은 화랑의 우두머리인 풍월주風月主로서 왕에 버금가는 엄청난 권한을 가지고 있었어. 큰 권한이 있으면 그만큼 욕심도 커지나 봐. 원래는 숭고한 호국정신을 가졌던 화랑의 무리가 김흠돌이 우두머리가 되고나서는 온갖 비리에 연루되어 원성이 자자했단다. 김흠돌은 심지어 문무대왕의 왕비 자눌왕후에게도 흑심을 품었다고 한다. 게다가 문무대왕이 병이 들어 위중하게 되자 후에 신문대왕이 되신 태자인 정명왕자를 몰아내고 배다른 형제인 인명왕자를 옹립하여 권세를 이어가려 했는데 정명왕자를 따르던 김오기, 진복을 위시한 신하들이 기습적으로 이들을 공격하고 무찔러 왕권의 정통성을 지킬 수 있었다."

"화랑은 우리 신라의 동량들이었는데 어찌 그리 부패했나요?"

"문노, 관창, 기파랑, 죽지랑 이루 말할 수 없이 많은 화랑들이 신라를 일으켜 세웠지만 일통삼한 전쟁을 수행하면서 그들에게 의지하다보니, 힘이 한 곳으로 쏠리게 되어 부패하게 된 것이지."

"그래서 얼마나 많은 사람들이 죽었나요?"

"왕은 즉시 김흠돌의 딸인 왕비를 폐비시키고, 가담하거나 묵인했던 이들을 모두 참수하고, 김흠돌 세력의 근거지였던 화랑을 없애버리고, 병부에 모두 귀속시켜버린 것이야."

"화랑을 없앤 것이 제일 아쉽네요."

"아쉽지만 왕의 권위를 흔들려는 시도가 있다면 더 이상 국가보위의 집단이 아니라 권세욕에 빠진 패거리에 지나지 않지."

"그런 일이 있었다면 왕으로서는 머리가 아플 수밖에 없겠네요."

"그렇지, 그래서 왕은 모든 나쁜 일을 물리칠 수 있는 신묘한 것을 구하고 있었는데 일관이 '문무대왕과 김유신공이 선물을 줄 것이라'는 말에 귀가 솔깃해지지 않을 수 없었지."

"왕께서 이곳에 오셨을 때까지 섬이 왔다 갔다 하는 그 이상한 현상은 계속되고 있었는가요?"

"그랬대. 왕께서 오시자 파진찬 박숙청이 섬 위에 올라가 보니 대나무가 하나 있는데 낮에는 둘로 쪼개지고 밤에는 하나로 합치는 이상한 일이 있었대."

"네? 낮에는 떨어지고 밤에는 합쳐지고 …, 부부가 낮에는 따로 떨어져 일하고 밤에는 합방하는데 그 대나무도 자웅이 있었나 보지요."

"알 수가 있나, 무언가 이상한 것이 있었겠지. 그런데 왕께서 도착하시고 다음날 낮 오시, 뜻밖에 대나무가 합쳐지더니 갑자기 날이 어두워지고 천지가 진동을 하듯 폭풍우가 열이틀 동안이나 계속되었단다."

"낮에는 떨어진다더니 그날은 대낮부터 눈이 맞았나 보지요? 열이틀 동안이나 계속되었다니 대단한 합방이군요."

"하여간 밤낮을 가리지 않고 천지를 진동하던 폭풍우가 가라앉자

왕이 친히 그 섬에 올라가니 머리가 용인 이가 나와서 검은 옥대를 바쳤대."

"그 왔다 갔다 하던 섬은 용궁에서 보낸 섬이네요."

"모르지. 왕이 용을 응대하여 대나무가 합쳤다가 떨어지기를 반복하는 이유를 물으니 용이 답하기를 '손바닥도 마주쳐야 소리가 나듯이 무릇 천하의 모든 것은 합쳐져야 소리가 나게 되어 있습니다. 성왕께서 이 대나무를 베어 피리를 만들어 부신다면 천하가 화평해질 것입니다. 용이 되신 문무대왕과 천신이 되신 김유신 공이 드리는 큰 보물입니다'라고 알려주었대."

"옥대와 천하가 화평해지는 대나무 피리가 참 요란하게 나타났네요."

"들어봐. 중요한 말이야. 왕이 옥대와 대나무에 대한 화답으로 금은 비단을 하사하니 용이 왕에게 '성왕은 정녕 소리로서 천하를 다스릴 분입니다'라는 신탁을 알려준 것이야."

"신탁이 무엇인가요?"

"하늘에 올리는 제사를 집전하는 신관이 인간에게 하늘의 뜻을 전해주는 것이야."

"어느 대사댁에서 신굿을 하는데 굿을 집전하던 사람이 갑자기 얼굴표정이 이상해지더니 이상한 말을 하는 것을 보았는데 그것도 신탁인가요?"

"그럴 수도 있지."

"그럼 혹시 그 용은 용탈을 쓴 신관이 아닐까요? 어떻게 진짜로 용이 나타나서 왕하고 이야기를 합니까?"

"그럴지도 모르지. 김흠돌의 일당이 왕위를 찬탈하려는 위기를 경험한 왕으로서는 절대적 힘을 가진 왕의 권위를 보여줄 필요가 있었으니 우리 신라인들이 가장 숭배하는 문무대왕과 김유신의 권능을 빌려 왕권을 단단히 하고자 했을 수 있지."

"왔다 갔다 한 그 섬이 혹시 저 해중능이 아닙니까?"

"몰라. 왕이 사람을 시켜 대나무를 베어오자 섬은 감쪽같이 사라졌다고 해."

"이야기가 괴이하여 도무지 믿겨지지가 않습니다요."

"그 옥대가 얼마나 신묘하냐면 왕이 환궁할 때 기림사祇林寺 서쪽 골짜기에 마중 나온 태자가 그 옥대에 붙어있는 용 조각 하나를 떼어 계곡물에 던지자 바로 물에서 구름이 일면서 용이 되어서 하늘로 올라갔대."

"어떻게 옥돌이 용이 된답니까?"

"낸들 아나."

"그 대나무는 정말 피리를 만들었나요?"

"왕이 대나무를 가지고 돌아와 악기공장에게 피리를 만들게 했는데, 신궁에서 제를 올리거나 종묘에서 조상에게 제사를 올릴 때 금척金尺으로 하여금 그것을 불게 하면 적병이 물러가고, 병마가 퇴치되고, 근심걱정이 다 사라졌대. 그래서 이름을 만파식적萬波息笛이라고 지었고, 효소대왕 때에는 너무 효과가 좋아서 만만파파식적이라고도 불렀다네."

"그럼 그 신묘한 물건들은 지금 어디 있습니까? 그리 오랜 세월이 지나지 않았으니 궁궐 어딘가에 아직 남아 있겠는데요."

"응, 후에 그 두 보물을 신궁의 천존고天尊庫에 잘 보관하고 있었는데 효소대왕 때 검은 구름이 천존고를 감싸더니 만파식적이 사라져 버렸대. 나중에 알고 보니 백률사柏栗寺에 모셔놓은 부처님이 북쪽의 여진에게 납치된 대현아찬의 아들 국선 부례랑과 그를 따르는 낭도 안상을 찾기 위해서 잠시 가지고 갔다 다시 가지고 와서 잘 보관했다고 하는데 참으로 신기한 일이라 도무지 믿기지가 않아."

"어떻게 법당에 모셔놓은 부처님이 사람을 구해옵니까?"

"낸들 아는가? 영험한 부처님인가 보지."

"그래서 어찌 되었나요?"

"성덕대왕 이후로는 어찌되었는지 몰라. 아직 궁궐 어느 깊은 곳에 있을지도 모르지. 왕권에 도전하고자 하는 귀족들의 음모는 끊이지 않았고 신물인 천존고의 만파식적은 반란을 꿈꾸는 귀족들의 표적이 되지 않았을까?"

"대공장님은 그런 것을 어떻게 알고 있습니까요? 대공장님도 천한 저와 똑같은 하전인데 아시는 것도 많고 이야기를 세세하게 기억하고."

"나는 어렸을 때 절에서 자랐는데 그때 스님이 글도 가르쳐주시고 공장들의 일도 가르쳐 주셔서 어려서부터 글줄이나 볼 줄 알고, 뭘 만드는 손재주도 좀 있었다네."

"그 스님은 참 좋은 분이네요. 천한 하전에게도 글을 가르치셨으니…"

"그분의 법명은 보중인데 그 유명한 양지스님에게 붓으로 글쓰기, 흙으로 그릇과 기와를 비롯하여 여러 가지 형상을 만드는 법을 배워서 글도 잘 했지만 직접 만들어 모신 불상도 여러 개 있지."

"양지스님이라면 지팡이에 포대를 걸기만 하면 그 지팡이가 저절로 날아서 시주할 집에 찾아가 춤을 추면서 소리를 내면 집주인이 알아차리고 포대에 시줏감을 넣으면 지팡이가 다시 저절로 날아서 돌아왔다는 그 스님 말입니까?"

"맞아, 그 스님이야. 나의 스승님은 그분의 제자야."

"대공장님은 복도 많으십니다. 그런 훌륭한 분을 스승으로 만나서 뛰어난 기술도 배우고 글도 배울 수 있었으니 … "

"왜, 자네도 글을 배우고 싶나?"

"저요? 그럴 수가 있나요. 주변에 눈들이 얼마나 많습니까. 어림없지요. 공장이 일이나 열심히 배워야지요."

"아까, 내가 용이 신문대왕께 왕은 소리로서 천하를 화평하게 한다는 신탁을 알렸다고 말했지?"

"네."

"그런데 실제로 왕께서 그 이후로 소리에 많은 관심을 기울이게 되었다네."

"어떻게요?"

"지금 소리를 관장하는 곳이 음성서이지 않은가."

"그렇지요. 그곳에는 뒤집어진 대야 같은 쇠종을 걸어놓고 치는 감監, 현악기를 타는 금척琴尺, 춤을 추는 무척舞尺, 노래하는 가척歌尺들이 있고 그 척들은 푸른 옷 붉은 옷을 입고 부채를 들고 귀족들이 연회를 하는 곳에 가서 춤을 추고 노래를 하고 악기들을 연주하지요."

"그 음성서를 더욱 확대하고 나중에 음성서의 최고 어른의 벼슬도 경卿으로 올렸다네. 그래서 지금 우리가 일하는 공장부도 그 어른이 책임지시는 게야."

"그 신탁이 사실이면 옥대와 만파식적 이야기는 진짜인가 보네요."

"지금은 어디 있는지 몰라. 용에게 받았든 신관에게 받았든 그 대나무로 만든 피리는 왕의 명으로 특별히 만들어졌는데, 얼마나 정성을 들여 만들었는지 금공장이 대나무 마디마다 금으로 연꽃잎을 만들어 붙여서 참으로 귀하게 보였다는구먼."

"저도 한 번 보고 싶습니다."

"그 피리는 볼 수 없는데 그 모양은 볼 수가 있지."

"어디가면 볼 수가 있습니까?"

"내가 그래서 자네를 여기에 데리고 오질 않았나."

"네?"

"종위를 보게, 우뚝 솟아 나온 것이 있지 저것이 만파식적 그 피리의 모양이라고 한다네."

"정말로 저것이 만파식적이라는 말입니까? 어떻게 저기에 올라가 있어요?"

"기다려 보게."

"왕이 만파식적을 얻고, 음성서를 크게 넓히고 정비하셔서 제사 때나 연회 때마다 연주를 하게해서 기쁨을 얻었지만 왕은 자꾸 부족함을 느끼게 되었다네."

"아니, 음성서를 그렇게 잘 갖추어 놓으시고 뭐가 또 부족하신 것인가요?"

"특히 문무대왕의 기일이 되면 아버님에 대한 그리움이 깊어져 마음이 더 허전해지셨지."

"문무대왕께서 주신 대나무로 만파식적을 만들어 들려드리지 않았습니까?"

"그래도 매번 감은사에 가지고 가서 들려드릴 수는 없지 않은가."

"그래서 마음속으로 어떤 소리를 생각하셨을까요?"

"한 소리!"

"도대체, 한 소리가 무엇입니까?"

"하나의 소리를 말하는 것이라네."

"아니, 변화무쌍하여 사람의 마음을 기쁘게 하고 막 울리기도 하는 것이 소리인데 하나의 소리라니요?"

"그렇지, 소리라는 것은 그냥 소리가 아니라 사람의 마음을 즐겁게 하고, 슬프면서도 비통하지 않게 절제하도록 하여 성정을 다스리기도 하지."

"모든 악기는 가늘고 굵게, 약하고 세게, 길거나 짧게 소리를 내면서 음악을 하는 것인데 한 소리가 무엇인지."

"무엇일까? 한 소리는 모든 소리의 으뜸이어야 하네."

"으뜸이라니요?"

"천하를 다스리는 왕처럼 모든 소리를 다스릴 수 있어야 하지."

"그런 권능 있는 소리라면 모든 소리를 압도해야겠습니다."

"그렇지. 어떤 뭇소리보다도 우렁차고 위엄 있게 다른 소리를 압도해야지."

"용울음 소리가 그럴까요?"

"그럴지도 모르지."

"봉황이 창공에서 홰를 치는 소리처럼 하늘을 진동시킬까요?"

"뿐인가, 그 소리는 얼마나 큰지 땅속 지옥까지도 울려야 된다네."

"궁금합니다. 빨리 말씀해주세요."

"왕은 가슴속에 가득한 그 한 소리가 무엇인가를 생각하셨어. 어느 날, 왕비님이 보내주신 유밀과油蜜果를 먹고 차를 마시면서 왕궁의 뜰을 거닐며 한가한 시간을 보내는데 갑자기 바람이 불어와서 어떤 소리가 들렸어."

"어떤 소리인가요? 바람을 따라 온 소리가 궁중 시녀가 타는 비파 줄의 애절한 소리인가요? 아니면 금척이 부는 만파식적의 긴 소리인가요?"

"아니, 바로 처마 끝의 풍탁소리였다네."

"저 처마 끝에 데롱데롱 매달린 풍탁소리요?"

"그렇다네, 풍탁소리. 바람에 일렁일 때 나는 풍탁 소리는 얼마나 청아한가."

"풍탁소리는 딸랑딸랑 거리는데. 그것은 사람이 내는 소리도 아닌데요."

"그래도 왕께서는 그 소리를 듣고 한 소리를 어떻게 하면 되는가 생각이 떠오르신 거야."

"아! 그것이 바로 종소리이군요."

"그래, 바로 종을 만드실 생각을 하게 된 것이지. 그때가 보위에 오르시고 칠 년 정도가 지나서 왕의 권세는 단단한 반석 위에 올려졌을 때이지. 왕께서 여유로운 마음으로 종묘에 제사를 지내고, 문무 관료들에게 직급에 따라 전답을 나누어주시고 모든 신하들이 왕에게 머리를 조아리며 감읍할 정도로 왕의 위엄이 섰을 때이지."

"왕처럼 천하를 호령하고 백성을 교화하는 그런 소리를 마침내 찾으신 것이네요."

"바로 종소리를 생각하신 게지."

"이 종이 그때 만들어진 종이라면 대왕께서 이 종소리를 들으시고 찾으시던 그 한 소리라고 흡족해 하셨나요?"

"신문대왕께서는 여기 감은사에 이 종을 거시고 아버님의 영전에 종소리를 들려드리게 되어 흡족해 하셨다고 전해오고 있어."

"정말 한 소리가 되었나요?"

"이따가 저녁예불 때 소리를 들어보고, 내일 새벽예불 때 다시 들어보면 느끼겠지만 청아하고 맑은 울림은 있지만 한 소리라고 할 만큼 우렁찬 소리는 아니라네."

"그 한 소리는 어느 곳에 가면 들어볼 수 있습니까?"

"내 욕심이 과한지 아직 들어보지 못했네."

"대공장님, 만파식적이 저렇게 종위에 올라간 연유를 말씀해 주세요."

"많이 복잡한 이야기가 있는데 그것은 나중에 공방에 돌아가서 말해주고, 만파식적과 용이 저기에 있게 된 이야기만 해주지."

"필시 신문대왕께서 만파식적을 얻을 때처럼 괴이한 일이겠지요?"

"종을 만들기로 하고 음성서 공장부 관청에서 여러 사람들이 모여서 종의 형상에 대해서 토의를 하고 있을 즈음이었어. 신문대왕께서 꿈을 꾸셨는데 연꽃문양으로 둘러싸인 큰 기둥이 바다에서 올라오는데 그 크기가 하늘의 구름에 걸려있을 만큼 높아서 그것을 가지면 국가의 큰 보물이 될 것 같아 왕이 간절히 원하며 손을 뻗는데 어디서 우웅~ 하는 큰 쇳소리가 들렸어."

"알았다! 만파식적이 바다에서 왔으니 꿈속에서도 바다에서 솟아오른 것이네요."

"왕의 손이 그 기둥에 닿자 기둥에서 오색광채가 뻗어 나오고 칸칸이 뚫린 구멍에서도 신비로운 오색의 구름이 나왔다. 다시 우웅~ 하는 큰 황소울음소리가 나는데 마치 하늘이 떠나갈 것 같았단다. 또 다시 우웅~ 하는 소리가 나더니 거대한 용 한 마리가 연기처럼 그 기둥에서 나왔대."

"만파식적에서 용이 소리치면서 빠져 나오는 바로 저 종위의 형상이네요."

"기둥에서 나온 용이 왕에게 크게 외쳤다."

"뭐라고 외쳤지요?"

"대왕! 내가 누군지 알겠는가?' 왕이 '그대는 동해의 용왕인가?'라고 했더니 용이 다시 '정녕 나를 모르겠는가?'라고 묻더래."

"용이 왜 자기를 모르느냐고 물었을까요?"

"그래서 대왕께서 용의 말을 자세히 들어보니 귀에 익숙한 소리야."

"누구지요?"

"아! 아버님이시군요'라고 답을 하니 용이 '이제야 알아보시는 구료'라고 하면서 문무대왕의 모습으로 바뀌신 것이야."

"이것은 꿈에서 일어난 일이니 괴이한 일은 아니군요."

"문무대왕의 혼령은 신문대왕에게 신탁을 내린 사실을 말하고 종을 만들고 있는 것도 알고 계신다고 하면서 종을 어떻게 만들어야 하는지 그 모습을 보여주신 것이야."

"저런 모양을 하게 된 것도 신문대왕이 문무대왕의 혼령을 현몽해서 알아낸 것이군요."

"신문대왕이 문무대왕의 혼령에 감읍하고 있는데 혼령이 이르시기를 '종위에는 하늘로 향한 관을 세우고 아래로는 땅속 귀허歸墟에까지 들려 뭇 혼령의 명복을 빌어주도록 종 아래에 구덩이를 파주시오'라고 알려주셨단다."

"문무대왕께서 나라를 위해 동해바다의 용이 되셨다더니 정말이군요."

"그런가봐. 왕께서 꿈의 내용이 너무 생생하여 이를 음성서에 말씀하셨다고 전해져."

"저 종위에 있는 용의 자세가 만파식적을 짊어지고 나오는 용이 아니고 만파식적에서 빠져나오는 형상인 것도 신문대왕의 꿈에서 만들어진 형상이군요."

"대왕의 꿈이 그렇든지, 박사들과 관리들이 종의 형상을 의논하는 과정에서 정해졌든, 만파식적에서 두 발을 뻗으며 힘차게 나오는 저 용은 대왕의 혼령이 분명해. 저런 모습은 아마 당나라에도 없을 것이야."

금정과 만교가 종 앞에서 이런 저런 이야기를 하고 있는데 스님이

와서 예불시간이 되었으니 금당에 들러서 예불에 참가하라고 했다. 예불을 시작하기 전, 대종을 치는데 종소리가 영혼을 정화시키는 것처럼 맑고 곱다. 해중능에 계시는 문무대왕의 혼령이 들으신다면 과히 기운을 북돋우시어 나라를 더 잘 지키실 것 같은 소리이다.

"황룡사종에 비하면 크기는 콩알만큼 작지만 소리는 더 좋은 것 같습니다."

"그렇지, 나도 그렇게 생각한다네."

"황룡사종과는 크기 면에서 비교가 되지 않는데 왜 이 종의 소리가 더 곱고 맑습니까?"

"이 종은 문무대왕에 대한 신문대왕의 효성과 한 소리를 만들고자 하는 대왕의 의지로 이루어진 것이지 않은가? 이 종에는 신문대왕 본인을 드러내고 싶은 욕심이 없었던 것이고, 황룡사종은 황룡사의 크기에 맞추려다 보니 크기가 과하게 되어서 그렇지. 아니 욕심이 과한 때문이지."

"무슨 욕심이 과했습니까?"

"차차 알게 될 것이야."

"이 감은사종을 완성하고 처음 타종한 날은 언제였나요? 신문대왕의 탄신 때인가요, 아님 문무대왕의 기일인가요?"

"문무대왕의 기일이 칠월 초하루인데 보름 뒤가 우란분절盂蘭分節 저승의 문이 열려 조상님을 극락으로 인도하는 제사를 올리는 날이니 이 종도 그때 치지 않았을까? 그리고 종을 만든 지 얼마 지나지 않아 신문대왕께서 돌아가셨는데 이 종이 많이 울었다고도 해."

"소리의 대왕께서 가셨으니 그런 기이한 일도 있을 만하군요. 이 감은사종은 신문대왕이 문무대왕을 위해 만들었으니 문무대왕신종이네요."

　금정과 만교는 감은사에 온 김에 종소리를 더 듣기 위해서 하루 이틀 더 묵기로 하였다. 종소리는 어둠과 밝음, 이승의 중생들과 저승의 유명幽明을 깨우는 물건이니 아무 때나 함부로 치는 것이 아니기 때문에 새벽예불과 저녁예불 하루 두 번밖에 들을 수 없다.

　삼일 째 새벽, 예불 시간보다 이르게 일어난 금정이 만교를 깨우더니 서둘러 신문대왕이 올랐던 이견대利見臺로 갔다. 지키는 병사가 순검을 하더니 낮에 본 금정과 만교임을 알고는 그냥 버려두었다. 금정은 이견대에서 큰 호흡으로 바닷바람을 마셨다. 그리고는 해중능을 보면서 큰절을 올린다.

　"왜 절을 올립니까?"

　"일통삼한의 위업을 이루셨으니 당연히 절을 올려야지."

　"저도 하겠습니다."

　"죽어서도 용이 되어 나라를 지켜주시니 그 은혜가 얼마나 크신가." 금정이 다시 절을 한다.

　"그렇습니다." 만교도 다시 절을 올린다.

　"우리에게 종을 만들게 하셨으니 얼마나 큰 인연인가." 금정이 세 번째로 큰절을 올린다. 만교도 다시 큰절을 올렸다.

　삼배를 마친 금정은 바닷가로 내려갔다. 어둠 속의 새벽바닷가는 옅은 안개만 끼었을 뿐 조용하기 그지없다. 잔잔한 바닷가에 서니 그저 모래밭을 간질이는 아주 작은 물결소리가 날뿐 고요하였다.

감은사에서 뎅~ 하고 종소리가 들렸다. 두 번, 세 번 종소리를 유심히 듣던 금정은 갑자기 엎드리더니 땅에 귀를 가져다대었다.

"갑자기 무얼 하십니까?"

"조용히 해"

"거참…"

"자네도 따라 해봐."

"네? 무슨 소리가 들립니까?"

"혹시, 땅에서 종소리가 들리지 않아?"

"물소리만 들립니다."

"귀를 더 바싹 대어봐."

"그래도 물소리만 들립니다. 멀리 감은사에서 치는 종소리도 들리고요."

"아니야. 땅속을 울리는 소리도 있고…"

"종소리는 감은사에서 들립니다."

"저 깊은 바닷속에서 들리는 종소리도 있는 것 같아."

"그럼, 문무대왕의 혼령도 깨어나셨겠네요."

"그렇겠지."

금정과 만교는 감은사를 떠나 왕경으로 오는 길에 한창 전실 마무리 공사 중인 석굴사石窟寺를 보러 토함산으로 향했다. 선대 경덕왕 때 이 석굴사를 만드는 일은 비록 김대성 재상의 가업으로 시작되었지만 부족한 부분은 왕실에서 음으로 양으로 지원을 해 주었다. 그간 사정이 있어서 한동안 중단되었던 공사가 다시 시작되어 지금은 입구의 팔부중벽을 세우고 있다.

석공들의 망치소리를 들으며 금정은 만교를 데리고 눈꺼풀 없는 눈을 부릅뜨고, 주먹 쥔 팔의 근육을 비틀어 부처님을 호위하는 금강역사를 지나서 석굴사 안으로 들어갔다. 거대한 바위에 현현하신 석가모니 부처님을 중심으로 사방으로 빙 둘러 보살상과 10대제자상들이 돌판에 새겨져 있다.

부처님 주위를 몇 바퀴나 돌아도 돌에 새겨진 부처님과 보살과 나한상들은 금정과 만교에게 한 마디 말도 건네지 않고 오히려 점점 삼매에 빠져들고 있다. 반쯤 눈을 감은 모습들은 티끌의 요동도 없이 천년이고 만년이고 삼매를 계속하려는 듯하다.

"만교야. 어떤가?"

"가슴이 먹먹해집니다."

"왜 가슴이 먹먹해지지?"

"저는 흙을 주물러 작은 보상화문을 다듬고 있는데 이렇게 거대한 돌을 주물러 이토록 위대한 삼매정토를 만든 것을 보니 … "

"그렇지, 내가 보기에도 석공들의 솜씨가 보통이 아니구나. 돌을 얼마나 깎아야 돌이 그들에게 저렇게 주무르게 허락을 할까?"

"사람마다 다르지 않나요? 흙도 어떤 사람은 몇 년을 만져도 어색하기 짝이 없는데, 어떤 사람은 금방 마음대로 형상을 만들어내지 않습니까. 석공들은 모두 하늘이 낸 재주를 타고난 것 같습니다."

"하늘이 이런 재주를 주시지 않고서야 어림없는 일이겠지."

"사람들이 그러는데, 대공장님도 재주가 하늘이 낸 재목이라 그러던데요."

"벌써 20년이 다 되었네. 어느 날 내가 종두를 만드는 연습을 하고 있는데 어떤 스님이 찾아와서 이곳에서 부처님을 만들지 않겠느냐며 나를 여기에 데리고 오셨었는데 … "

"대공장님도 형상을 얼마나 잘 만드십니까. 그때 석불상을 만드는 길로 가시지 그랬어요. 종을 만드는 일은 자주 없지 않습니까?"

"불상을 만들어 본 적은 있었으나 이곳과는 인연이 닿지 않았어."

"대공장님이 불상 만드는 일에 들어섰다면 그 솜씨를 누가 따를 수 있겠습니까?"

"나도 작은 솜씨가 있지만, 내가 보기엔 만교도 보기 드문 재주를 가졌어. 조금만 열심히 하면 나보다 훨씬 뛰어나다고 사람들이 말할 것이야."

"무슨 그런 말씀을 하십니까. 저는 아직 멀었습니다."

"왜 그런 생각을 하지? 만교는 어떤 부분에서 나보다 부족하다는 생각을 하지?"

"저도 나름대로는 이만하면 잘하지 하는 오만한 생각을 가지고 있었습니다. 그런데 대공장님이 만드신 것을 보면 많이 부족함을 느낍니다. 대공장님이 만든 것을 보면 전체의 어떤 한 부분도 없으면 안 되는 일체의 구조를 가지고 있지만 제가 만든 것에는 없어도 되는 부분들이 있습니다."

"안목이 많이 늘었구나. 또 다른 것은?"

"글쎄요. 아직은 잘 모르겠는데. 형태가 정확해야만 보기에 좋은 것이 아닌 것 같습니다. 조금 삐뚤어져도 정겨운 느낌이 와야 되는데, 제가 만든 것은 그렇지가 못해요."

"나도 이전에 그런 생각을 가졌었지. 그런데 세월이 지나니 이런 저런 것을 구분하는 자체가 무의미하다는 생각이 들어. 내가 만든 것이나 어린 아이들이 장난으로 만든 것이나 차이가 없다는 것을 느껴."

"천진무구의 단계, 그것도 대공장님의 경지가 되니까 느낄 수 있는 것 아닙니까?"

"만교도 금방 느낄 수 있을 것이야."

"아직 많이 부족합니다."

"나는 이제 오십대 중반 곧 환갑이야. 예전에는 내가 만든 것에서 부족한 것을 발견하더라도 '다음에 더 잘하면 되지' 하고 위안을 삼곤 했는데 이제는 그럴 수가 없어. 언제 죽을지 모르는데 다음으로 미룰 여유가 없어. 그래서 뭐를 하든 부족함이 없어야 돼. 더 더디고, 더 힘이 들어."

"세상에 부족함이 없는 것이 어디 있겠습니까?"

"없을 수도 있어."

"어떻게 그럴 수가 있나요?"

"사실이야, 나도 얼마 전까지는 세상에 부족함이 없는 것은 없다고 생각했는데 그렇지 않더구먼, 오히려 차고 넘치는 것이 많아. 사람으로서의 부처님 생각은 차고 넘치고, 자식에 대한 부모의 사랑도 차고 넘치는 경우가 많아."

"과연 그럴까요? 세상에 한계가 없는 것이 있나요?"

"꽃을 보고 별처럼 빛나라고 하면 한계가 있을 수 있지만 꽃은 그 자체로 조금도 부족함이 없어."

"우리 같은 공장이들이 부족함이 없는 경지에 가기 위해서는 어떻게 해야 합니까?"

"자신의 양심을 따라가고 나태함과 위선의 유혹을 극복하면 그럴 수가 있어."

"양심을 따르라는, 말은 쉽지만 … "

"하늘이 사람에게 극락에 가는 지표로 주시는 것이 양심이야. 사실, 모든 일의 바르고 그름을 양심은 알고 있어. 다만, 자신의 욕심이 그것을 가로막고 있지."

"나태함과 위선은 어떻게 알 수가 있습니까?"

"스스로 노력이 부족하다는 것을 알고도 눈을 감고 모른 척 하는 것을 말해. 조금의 부족함이 발견되면 부족함을 고치기 위해서 앞에 이룬 것을 과감히 허물어 버려야 하는데, 앞에 이룬 것을 허물기가 쉽지가 않아."

"저도 실은 그런 경우가 많습니다. 조금 부족한 것을 묻어두고 다른 사람에게 주기도 했습니다."

"그릇을 만드는 사람들이 가마에서 그릇을 꺼내보고 마음에 안 들면 깨버리지 않나, 그처럼 부족함은 깨트려 버려야 하지. 그것이 나태함과 위선의 유혹을 극복하는 것이고 또한 양심이지."

"그렇기만 하다면 이 세상에 남아있는 것이 얼마나 있겠습니까?"

"그러니 인간 세상에는 추악한 욕망과 비열한 위선의 찌꺼기가 쌓이고 진실로 양심에 거리낌이 없는 것은 찾아보기가 보석보다도 어렵지."

짧은 대화를 하는 사이 구름에 가렸던 해가 나왔는지 석굴 내부가 밝아진다. 처음은 자줏빛이 들어오면서 어둠이 물러가더니 어느 순간 맑고 투명한 노란 빛이 광창을 뚫고 들어와서 석가모니상의 얼굴을 비추었다. 그러자 노란 빛의 안개가 이글거리는 듯 석굴 내부가 요동을 친다.

금정과 만교는 석굴을 나와서 불국사로 향했다. 불국사도 재상 김대성이 주도를 하여 원래 있던 작은 절을 대가람大伽藍으로 중창을 했다. 그가 전생의 부모를 위하여 석굴사를 짓고 현생의 부모를 위하여 불국사를 중창하였다니 그의 불심과 효심을 어디에 비길 수 있으랴.

신라 사람들에게는 마음의 만족을 위해서는 왕위에 오르는 것보다 나은 방법이 좋은 불사를 하는 것이고, 자신과 가문의 위세를 드러내는 가장 효과적인 수단이 절을 지어 불상을 모시거나 종을 만드는 시주 단월旦越이라는 믿음이 있다. 그래서 절에서 불사를 일으키기 위해 점찰법회占察法會를 여는 날이면 권세와 재산이 차고 넘치는 사람들이 앞 다투어 명단에 이름을 올렸다.

불심이 깊고, 형상을 보는 안목도 보통의 석공장들보다 높았던 김대성은 관복을 걷어 부치고 스스로 공장들을 지도하여 쇠망치와 정을 들기도 했다. 하지만 그래도 불국사의 돌계단과 석굴암을 짓는데 가장 크게 기여한 이는 김대성이 모은 석공장 무리들이었다. 이들은 돌의 성질을 귀신같이 알아서 정을 돌에 대기만 해도 돌조각들이 후두둑 떨어져 나가 저절로 모양이 만들어지는 듯하였다. 사실, 나무를 잘 다루는 사람도 힘들이지 않게 나무를 깎고, 흙으로 모양을 잘 다루는 사람도 힘을 들이지 않는다. 나무와 흙이 한 몸이 된 듯 친숙하기 때문이다.

특히, 석공장 한 명은 산법算法에도 뛰어나 불국사 앞 계단과 석굴사의 모양을 정하는데 지금까지 신라에서는 보지 못한 것이었다. 돌을 둥글게 쌓아 지붕을 만들고 다리를 만드는 것은 어디에서도 보지 못한 것이었다. 그뿐인가, 대웅전 뜰에 세워놓은 석가모니탑과 다보불탑은 도저히 사람이 만든 것으로 여겨지지가 않을 정도이다. 석불사의 불상들은 어떠한가? 이전에 신라에서 만들어지던 것은 표정이 딱딱하고 엄숙한 것이 많았는데 비해 선이 유려하고 얼굴표정의 부드러움은 살아있는 것처럼 숨을 쉬는 것 같아 보인다.

"만교, 석굴사와 불국사의 두 탑을 본 느낌이 어떤가?"

"참으로 대단하다는 말밖에 할 말이 없습니다. 균형이 잡혀있고, 힘이 넘치고, 석가탑은 간단한 듯하나 화려하고 다보탑의 화려하면서도 단아함은 어디에서도 보지 못한 것입니다."

"이런 것을 부족함이 없는 것이라고 할 수 있어. 석공장이 찾은 돌의 생명력이 차고 넘쳐서 도무지 부족함을 찾을 수가 없는 것이야."

"이것들을 만든 석공장들은 어디서 왔을까요?"

"옛 백제지역에서 온 사람들이라는 말이 있었어."

"이것들을 만든 석공장들은 그 다음에 어떻게 되었어요?"

"참으로 뛰어난 석공장들이었는데, 그 이후는 어찌 되었는지 몰라."

"네?"

"지금 만들고 있는 팔부중을 제외하고는 다 완성된 상태였을 때 경덕대왕께서 불국사와 석굴사를 보기 위해 행차를 하시겠다는 것이었어. 불국사의 공사가 끝났고 석굴사도 모든 부분을 다 다듬어 놓고 마지막 천장만 조립을 하면 끝나기 때문에 김대성 재상은 왕의 행차의 시기에 맞추어 충분히 끝낼 수 있다 생각했지. 그런데 왕의 행차 바로 전, 석공들이 궁륭의 중앙에 마지막으로 얹히는 천개석을 옮기다 떨어뜨려 깨트리고 말았어. 천개석을 다시 만들 시간이 없는 것이야. 가만히 보니, 세 조각으로 갈라졌는데 잘 맞추면 될 것 같아서 큰 조각부터 하나하나 조심해서 차례로 세 조각을 맞추어 걸치니 다행히 깨어진 흔적이 있는 것 말고는 아무런 일이 없었던 것이야. 대왕께서 오셔서 석굴사를 보시고는 너무나 훌륭한지라 넋을 잃으셨지. 천개석에 금이 간 것을 보았지만 그 작은 흠은 아무런 문젯거리가 되지 않았어. 안타까운 것은 이 석굴사와 불국사의 일을 거의 마무리할 즈음에 두 불사를 주관한 김대성 재상도 그것까지만 열정적으로 만들 수 있었고, 큰 병이 들어 앓아눕게 되었어, 그 석공들도 흩어졌어. 그리고 석굴사 공사는 한동안 중단되었다가 지금의 왕께서 보위에 오르고 나서 남은 전실 팔부중을 이미 병약한 김대성 재상과 왕실에서 다른 석공장들을 모아서 하는데 전 석공장 무리들과는 비교가 되지를 못해."

"석불사 천개석이 세 조각으로 깨어진 것을 붙였다 하여 일통삼한을 뜻한다 하던데 … ”

“일이 엎질러졌으니 어떤 이유라도 만들어야지. 그때 이미 일통삼
한이 된지 백 년이 다 되었는데 무슨 … , 석공의 일을 모르는 사람들
이 천신天神이니, 일통삼한이니, 화쟁和諍이니 다 지어낸 말이야.”

“다른 재미있는 일은 없었습니까? 저 같은 총각과 그 총각을 그리
워하는 낭자의 이야기 같은 거.”

“다 아는 것을 새삼 말해서 뭘 해. 중요한 것은 그때 일을 함께 했
던 석공장들의 무리는 다시는 오지 않았다는 것이야. 마치 하늘이
보낸 것처럼 무리지어 와서 석굴사와 불국사를 짓고 사라진 후 다
시는 그들이 함께하지를 못했어. 그래서인지 그 다음부터는 돌로 만
든 것들은 이렇게 뛰어난 것이 없어. 그 석공장들은 정말로 하늘이
보낸 사람들인지. 아마 앞으로 다시는 그런 석공장들이 나오지 못할
것이야.”

“시간이 지나면 또 나오겠지요.”

“그렇게 쉽지가 않아. 공자님이 다시 나오셨는가? 부처님이 다시
나오셨는가?”

“공자님을 따르면 다시는 공자님이 나오지 않을 것이고, 부처님을
따르면 다시는 부처님이 나오지 않겠지만 공자도 아니고 부처도 아
닌 다른 사람이 나오면 되지 않습니까?”

“응? 만교는 무슨 생각을 하는가? 이 세상이 뒤집어졌으면 좋겠
는가?”

“무슨 그런 말씀을요. 세상은 바뀐다는 것이지요. 그때가 언제인지
는 모르지만.”

2. 진여원의 맑은 종소리 — 화랑의 얼을 품다.

　금정은 왕경에 돌아와 집에서 하루를 쉬고 다음날 진여원眞如院으로 향했다. 감은사를 다녀와서 피곤해서인지 조금 늦게 집을 나섰다. 사방이 봄의 기운을 받아 온통 녹음방초의 천지이다. 굴연강掘淵江을 따라 가다 남천南川을 건너서 담엄사曇嚴寺 북쪽 다섯 개의 봉분으로 이루어진 사릉蛇陵에 도착했다. 사릉은 신라의 시조 박혁거세왕이 나라를 다스린 지 61년에 승천한 후 7일 만에 왕의 유체가 5개로 나누어져 하늘에서 떨어졌다. 나라 사람들이 이를 모아서 장사지내려 하였으나 큰 뱀이 방해하므로 5체를 각각 장사지내서 오릉이 되었는데 뱀이 연유가 되므로 사릉이라 한다.

사릉에서 조금 더 가면 나정蘿井우물이다. 신라 건국의 주역인 6촌의 촌장들이 모여 군주를 선출하고 도읍을 정하자고 결정한 뒤, 일행이 높은 곳에 사방을 살피었다. 그런데 이곳 나정 우물 근처에 이상한 기운이 있어 와보니 백마 한 마리가 무릎을 꿇고 있었다. 사람들이 다가가니 백마는 하늘로 올라갔고 붉은색의 커다란 알이 하나 있어서 이 알을 쪼개자 어린 사내아이가 나왔다. 이상히 여겨 데려다 동천東川에서 목욕시키자 몸에서 광채가 났고 새와 짐승들이 춤추듯 노니니, 천지가 진동하며 해와 달이 청명해졌다. 사람들은 이 아이가 세상을 밝게 한다 하여 혁거세赫居世라 이름하고, 알이 박같이 생겼다 하여 성을 박朴이라 하였다.

금정과 만교는 혁거세왕의 무덤에 절을 하고 진여원으로 걸음을 재촉했다. 따스한 봄 햇살을 받으며 굴연강을 따라 이어진 길을 얼마를 걸었을까. 멀리서 보아도 큼직하게 만들어진 경덕대왕의 능에 도착했다. 이 무덤은 불과 6년 전 조성한 것이다. 경덕왕릉은 다른 왕들의 무덤보다는 서라벌 궁성에서 많이 떨어져 있다. 봉분 옆에는 판석으로 짠 호석護石이 돌려 있고, 12지신상十二支神像이 각각 제 방향을 잡아 새겨져 있다. 봉분의 주위로 기둥돌을 세우고 기둥돌에는 구멍이 있어서 기다랗게 다듬은 돌을 끼워서 빙 둘러쳐 있다.

경덕대왕 선정 때에는 지금까지의 어느 때보다 신라가 살기 좋았고 나라의 힘이 넘쳤다. 신라 사람들의 자신감이 충만하니 만드는 불상마다 힘찬 모습을 하고 있었다. 그래서인지 언덕에 자리 잡은 대왕의 무덤조차도 힘이 넘쳐 보인다.

금정과 만교는 대왕에게 큰절을 네 번이나 올리고 다시 길을 재촉했다. 두 강물이 모아지는 곳에서 북쪽에서 흐르는 물길을 따라갔다. 갈수록 산이 높고 골이 깊어진다.

"진여원이 어디입니까?"

"저기 서쪽에 있는 큰 산 넘어 단석산斷石山의 중턱에 있네."

"단석산 서쪽은 서라벌 땅은 아니지요?"

"산내山內라는 곳이라네."

"저 산을 넘고 단석산의 중턱까지 오르려면 바삐 서둘러야겠습니다."

"오늘 닿지 못하면 내일 가면 되지 뭐."

단석산이 북쪽으로 보이는 곳에 도착하니 산이 깊어서인지 금세 어둠이 내리고 날이 저물어서 더 이상 가지 못하고 산촌의 한 민가에 하룻밤을 부탁했다.

"주인장, 고개 넘어 진여원에 가는 길인데 하루만 묵게 해주십시오."

"보아하니 이렇게 골짜기에 처박혀 사는 우리와 비슷하게 천한 사람들 같은데, 귀족집 자식들이 모여서 공부하는 진여원에는 무슨 일로 갑니까?"

"그곳의 종을 보려구요."

"종? 아, 여기서도 가끔 그 종소리가 들려요."

"꽤 먼 곳인데도 예까지 들리는 것을 보면 정말로 소리를 잘 내는 종인가 보지요?"

"아주 가끔 들리니 바람에 실려 온 소리인지도 모르지요."

"왕실에서 성덕대왕신종을 만들라 하는데 미리 보아야 할 것 같아서요."

"염병할 그놈의 종 때문이군요. 그 종 때문에 이 산골짝에도 머리 깎은 스님들이 찾아와서 놋쇠 동가리라도 내놓으라고 닦달을 해대는데 … "

"이곳까지요?"

"그럼요. 그들이 가지 않은 곳이 없답니다. 어떤 곳에서는 군사를 풀어 놋쇠를 내놓지 않으면 목숨을 내놓으라고 겁박까지 한답니다."

"아, 이런 … "

"걱정 마시오. 우리가 댁들을 탓할 수는 없지요. 댁들도 시켜서 하는 것이고, 같은 처지의 천한 무지랭이들끼리 괴롭히려고 하는 것은 아니지 않소."

"부처님의 자비를 온 천하에 퍼지게 하려고 하니 부디 마음을 푸십시오."

"이왕 이렇게 된 것, 온 사람들의 소원이 부처님에게 들리게 잘 만들어 주시오."

다음날 금정과 만교는 집주인이 조와 보리를 뭉쳐서 만들어준 밥을 싸가지고 일찍 길을 나섰다. 단석산을 동쪽으로 두고 가파른 산을 올랐다. 산의 중턱에 올랐을까 산위에서 와~ 하는 한 무리의 사람들 소리가 들렸다.

"저기, 사람들 소리가 나는 곳이 진여원입니까?"

"그렇다네. 지체 높은 집안의 자제들을 모아서 공부도 시키고 군사훈련도 시키면서 심신을 수련하는 곳이지."

"저 가파른 산등성이 높은 곳에도 많은 사람들이 지내면서 말을 달리고 학문을 수련할 수 있는 너른 터가 있습니까?"

"올라가보면 안다네."

"그런데 진여원은 무슨 뜻입니까?"

"진여라는 것은 만유의 실체로서 절대의 진리라고 하지."

"첫 마디를 들어보니 골치가 아픈 것이 듣지 않을랍니다."

"불생불멸不生不滅이며, 생각의 범위를 떠나 있기 때문에 말로써 설명할 수도, 문자로도 알려줄 수 없는 경지라고 한다네."

"그러니 저는 아예 모릅니다."

"하지만 진여는 본행本行으로서 본각本覺에 이르면 얻을 수 있는데 보통의 사람과는 전혀 다른 차원의 부처가 될 수 있단다. 진여는 제불여래諸佛如來가 갖가지 바라밀波羅蜜을 닦아 중생을 포섭 교화하고, 대서원大誓願을 세워 무한한 겁劫을 통하여 세상이 다하도록 모든 중생계를 해탈시키며, 일체중생이 곧 나와 평등함을 알게 되는 경지를 말한다."

"그런 좋은 뜻을 가진 곳에서 공부를 하는 귀족들의 자제들이 정말로 그렇게 되면 얼마나 좋을까요."

"그렇게 되기를 발원하는 뜻에서 진여원에 40년보다 더 전에 이곳에 종을 달게 되었다."

"진여원은 신라에서 이곳뿐인가요?"

"그렇지 않아. 아까 말했다시피 수행을 정진하여 진여의 경지에 도달하기를 원하는 뜻에서 이런 이름을 붙인 곳이 여러 군데 있겠지. 그런데 내가 아는 곳은 두 군데가 있다."

"어디 어디입니까?"

"한 곳은 이곳 귀족들의 자제들을 훈련시키는 곳이고, 또 하나는 신문대왕의 아들 보천과 효명 두 왕자가 무리 일천을 거느리고 북쪽 성오평省烏坪에 이르러 여러 날 놀다가 형제가 함께 오대산五臺山으로 들어갔었지. 보천은 오대산 중대 남쪽 밑 푸른 연꽃이 피는 터에 띠집을 지어 지냈다. 효명도 북대 남쪽 산 끝에 푸른 연꽃이 핀 것을 보고 역시 띠집을 짓고 살면서 형제가 교류를 하였단다. 그들은 그곳에서 오 만의 보살을 친견할 정도로 수행을 이루었다. 원래는 보천이 신문대왕의 뒤를 이어 왕위에 오를 순서였으나 극구 거절을 하여 하는 수 없이 효명이 보위에 올랐는데 바로 성덕대왕이셨다. 보위에 오르신 효명 성덕대왕은 보천의 띠집 터에 절을 지어 진여원이라 이름 짓고 청정 수련 터로서 만세를 이어가게 하였다."

"오대산이라면 여기서 아주 먼 곳인데 보천왕자는 그렇게 멀리 떠남으로서 속세의 영화도 버렸네요."

"진흥대왕께서도 스스로 전륜성왕이 되고자 왕위를 떠나기도 하셨지."

"이 산등성이도 진여원이고…"

"그렇지."

"한 곳은 오만 보살의 보호 아래 스님들이 진여에 이르고자 수행을 하는 곳이고, 한 곳은 청년들을 수행시켜 국가의 동량으로 만들고자 하는 곳이군요."

"이제야 알아차리는군. 청년들을 가르치는 것이 활을 쏘고, 칼을 쓰고, 완력을 기르는 것만은 아니지. 정신 수행을 이루지 못하면 그저 살육을 일삼는 미치광이의 칼에 불과하지."

"하기야 미친 수령의 칼은 사람 잡는 데는 일가견이 있지요."

"원래 이곳 단석산 주위에는 화랑들의 훈련장들이 많았던 곳이야. 지금은 그 화랑의 정신이 이곳 진여원에서 이어지고 있지."

"화랑들이 계속 나라의 동량으로서 나와 준다면 우리 신라가 더 강한 나라가 될 것인데요."

"아쉽게도 김흠돌의 난 이후 화랑은 사라졌지만 여전히 신라인들의 가슴속에 화랑은 살아있어. 귀족들은 화랑들이 했던 수련방법을 따라서 자연 속에서 호연지기를 키우는 이곳 진여원이 그 명맥을 잇는 곳이지."

"이곳 진여원에 큰 종이 있으면 보천왕자의 진여원에도 종을 달아야 하지 않습니까?"

"모르지, 그곳에 꼭 종이 필요한 시절이 오면 왕실에서 종을 보내겠지."

금정과 만교가 하늘 선에 맞닿은 산등성이를 오르는데 큰 호령소리가 들렸다.

"웬놈들이냐!"

"아, 뵙기에 참으로 훌륭한 도령이시군요. 소인들은 왕명을 받들어 종을 만드는 주종 공장들인데 이곳에 모양이 훌륭하고 소리가 맑은 종이 있어서 보러 왔습니다."

금정이 예부 공장도감 주종 박사의 허가증을 보여주었다.

"늙은 노인과 젊은 천민은 무슨 종을 만드는가?"

"왕실에서 성덕대왕을 위하여 신종을 만들려고 하는데 일이 잘 이루어지지 않아서 옛 기술에서 답을 구할까 살펴보려고 예부의 허락을 받아서 왔습니다."

"하기야, 지금과 같은 태평성대에 적국의 첩자가 있을 수도 없지. 하지만 여기는 평민이나 천민들이 마음대로 다닐 수 있는 곳이 아니니 내가 너희들을 데리고 성불사가 있는 곳을 알려주지."

"성불사라니요. 이곳은 진여원이 아닙니까?"

"하하 이보게들. 우리들이 수련하는 이곳 전체를 진여원이라 부르고, 자네들이 말하는 종이 걸려있는 곳은 성불사인데 우리들이 모여서 책을 읽고 정신수행을 하는 곳이라네."

"아! 진여원에는 훈련장과 공부하는 곳이 따로 있군요." 만교가 물었다.

"그럼! 저기를 보아라. 산등성이인데도 이렇게 너른 들이 있으니 말을 달리며 칼을 쓰고 활을 쏘는 훈련을 할 수 있지. 참으로 하늘이 숨겨놓은 훈련장이지. 게다가 산봉우리를 두어 개 넘으면 일통삼한에 공이 크신 유신공께서 신검을 얻어 바위를 치자 반으로 갈라졌다는 그 단석이 있어서 그곳까지 가서 유신공의 기상을 본받고자 한다네."

도령이 금정과 만교를 안내하여 걸어가는데 정말로 산등성이의 지형이라고는 믿어지지 않을 만큼 너른 터이다. 곳곳에서 청년들이 크게 외치며 말을 달리는 훈련을 하고 있고, 어떤 무리들은 칼을 겨루는 시합을 하고 있고, 또 다른 무리들은 멀리 과녁을 세워놓고 활을 쏘고 있었다. 한참을 내려가니 꽤 큰 연못이 있는데 몇몇 도령들이 훈련에 지친 말에게 물을 먹이고 있었다.

"여기서 저 산을 돌아가면 우리들이 모여서 공부하는 성불사가 있네. 그곳에 자네들이 말하는 그 종이 걸려있을 게야. 그곳 스님에게 합장의 예를 갖추고 볼일을 보시게."

"고맙습니다."

"대공장님, 단석산에는 정말로 김유신공이 자른 바위가 있습니까?"

"나도 가보지 못했는데. 그곳은 귀족 자제들의 신성한 장소여서 함부로 접근했다간 크게 경을 친다는 말을 들었네."

길을 안내해 준 젊은 도령의 말대로 훈련장의 옆 산등성이를 돌아가니 비스듬히 누운 언덕이 있는데 여러 채의 초옥이 있고 그 사이에 성불사라 이름붙인 단정한 법당건물이 있다. 바로 앞 맞은편에 작은 누각이 있는데 제법 큰 종이 하나 걸려 있다. 성불사에는 청년들을 교육시키기 위한 여러 스님들과 학자들의 모습도 보였다. 금정과 만교가 그 중 나이가 있어 보이는 스님에게 가서 허리를 굽히고 인사를 올리고 사정을 말씀드리니 노스님은 치하를 하고 배가 고프겠다며 공양간에 일러 상을 차려 주라고 하였다. 금정과 만교는 밥을 먹은 후 종이 걸린 곳으로 갔다.

"이 종은 감은사 문무대왕신종보다는 약간 적은 것 같습니다."

"그렇지 이것은 왕을 위한 종이 아니니 조금 적지."

"왕실에서 하지 않았으면 누가 이 종에 시주를 했습니까? 재력이 여간한 집안이 아니겠습니다."

"이것을 만든 분이 완달 대공장님이었는데 그때는 내가 어려서 잘 몰랐는데, 지체가 그렇게 높은 집은 아니었고 어느 대사댁 부인이 친정어머니와 시부모님의 공덕을 함께 기리기 위해 시주했다는 말이 있었지."

"어떤 연유로 이런 공덕을 쌓으려고 했을까요?"

"이곳 진여원 터는 원래 화랑들이 훈련을 하던 장소였는데 김흠돌의 반란으로 화랑이 사라진 뒤 귀족들이 그들 자제들을 계속 훈련시키기를 위한 적당한 터를 물색하던 중, 이곳이 서라벌에서도 그리 멀지 않고 높은 산에 있어서 보통 사람들의 눈에도 잘 띄지 않는 천혜의 명당이라 계속 훈련원으로 쓰이게 된 것이지."

"하기야 걸어서 하루 반이면 올 수 있으니 너무 멀지도 않고 그렇다고 어린 도령들이 엄마가 보고 싶다고 쪼르르 달려갈 수 있는 거리도 아니네요."

"이곳이 귀족들의 자제들을 훈련시키는 중요한 자리인 만큼 새로이 보수하고, 시간을 알리고 법회에 사용하기 위한 종을 만들어야 한다는 의견들이 나오게 되어서 시주자를 물색하던 중 마침 어느 대사댁 부인이 왕실과 관계를 돈독히 하기 위해서는 국사에 크게 보탬이 되는 일을 해야 했는데 이 종을 만드는 일과 인연이 닿게 된 것이지."

"그 대사댁 자제도 이곳에서 다른 귀족집 자제들과 함께 훈련을 받았을 지도 모르겠네요."

"글쎄다, 나는 그때 열 살이 조금 지난 어린 나이라 잘 몰라. 중요한 문제는 왕실에 잘 보이는 것이어서 자제의 문제보다는 가장인 대사와 중차대한 일에 연관이 있지 않았을까?"

"그런데 이 종도 감은사종처럼 머리에 용과 만파식적 피리를 이고 있습니다."

"감은사종은 일통삼한을 이룬 우리 신라의 표상이니 그 정신은 앞으로도 계속 이어가게 될 것이므로 종이 만들어진다면 종두의 용과 만파식적은 없어지지 않을 것이야."

"종 입구는 감은사종이나 황룡사종보다 더 오목하게 되었는데 왜 이렇습니까?"

"소리를 응축시키려고 그러지. 소리가 응축되면 훨씬 강하게 들리거든."

"이 종을 만든 연원에 대한 기록은 없습니까?"

"종위 천판에 있어."

"종위를 보려면 사다리가 있어야겠습니다."

"왜 천판에 새겨진 글을 꼭 보고 싶은가?"

"궁금합니다."

"내가 올라가 보지. 개원 십삼 년 을축 삼월 팔일開元十三年乙丑三月八日은 성덕대왕의 때이고. 종을 만든 기록으로鍾成記之, 도합 놋쇠 삼천삼백 정都合鑰三千三百鋌, 응? 왜 이렇지?"

"왜요? 무슨 문제가 있습니까?"

"글씨가 흐릿해서 도무지 알 수가 없는데, 두 글자가 지워지고 보중□ □普衆이라 당시 이곳 진여원 성불사의 주지 스님인가?"

"보중은 대공장님의 스승 스님의 법명이 아니십니까?"

"같은 법명을 쓰시는 분이겠지."

"그 다음은 무엇입니까?"

"일의 책임자 도유나都唯乃는 효 무엇孝□, 아마 효 무슨 스님인 것 같다. 종을 만드는 곳에서 일을 실제로 담당하는 직세直歲는 도직道直이라는 스님이고, 그리고 함께 하는 다른 스님들인 중승衆僧은 충칠忠七, 충안沖安, 정응貞應 스님들이다."

"스님들이 많이 나오네요."

"시주 단월旦越을 한 이는 유휴대사댁有休大舍宅 부인夫人 휴도리休道里이고, 덕향사德香舍는 친정댁인 것 같고, 상안사上安舍는 시댁을 말하는 것 같다. 그리고 조남댁照南宅은 다른 사람인데 시집간 여동생이거나 분가한 시동생 댁일 수도 있지."

"친정집안과 시댁집안이 같이 힘을 합쳤네요."

"만든 공장匠은 사광대사仕光大舍"

"대공장님은 진여원종을 만든 분이 완달님이라고 하지 않았습니까?"

"완달님은 우리 같은 천한 사람들이어서 이름을 올릴 수가 없어. 사광대사댁의 하전이었지."

"사광대사는 공장으로서는 관직이 꽤 올라갔네요. 대공장님은 왜 관직을 못 얻습니까?"

"우리 같은 천출이 어떻게 관직을 얻는가? 그냥 큰 공장들에게 속해 있어야지. 지금 우리가 일하는 공방의 어른인 박종일 대나마님은 원래 출신이 5두품 출신이고, 이 진여원종을 만든 사광대사님은 4두품 출신으로 최고의 지위에 오르신 분들이지."

"실제 일은 공장들이 다 하지 않습니까?"

"일이란 것이 만드는 것만이 다가 아니지 않은가. 우리야 공방 내에서만 일을 하지만 대나마나 대사의 지위에 오른 분들은 지체 높으신 분들을 만나야 하고, 사찰의 스님들도 만나야 하고, 그리고 우리 공장들이 맡아 할 일을 나누어주고 감독하는 일이 얼마나 복잡한가?"

"그래도 우리 공장들이 하는 일이 훨씬 힘드는데 … "

"꼭 그렇지 않아. 우리처럼 흙을 다스리고 쇠를 다스리는 것은 오히려 간단한 일이야. 대나마나 대사의 직위에 오르려면 우선 골품을 잘 타고나야 하고, 윗사람에게 잘 보이는 수완이 뛰어나야 하고, 사람들을 잘 다스릴 줄 알아야 해. 사람을 다루는 일이 훨씬 복잡한 것이야."

"에휴, 그놈의 골품!"

"쓸데없는 것에 신경 쓰지 말고 종이나 자세히 살펴보자."

"이 종은 황룡사종과는 차이가 좀 있는 것 같은데 감은사종과는 모양이 거의 비슷합니다."

"이 종은 감은사종과는 거의 차이가 없지. 차이가 있다면 크기가 조금 적고 윗띠와 아랫띠에 있는 초문과 주악천인의 자세가 조금 차이가 있지만 거의 비슷하지."

"연뢰띠의 문양과 연뢰 연봉오리도 비슷합니다."

"따라 했으니 당연히 비슷하지."

"황룡사의 연뢰는 연봉오리가 아니고 활짝 핀 연꽃인데 이것까지는 봉오리이네요."

"그렇지, 무엇이든지 처음은 봉오리이고 그 다음에 개화하게 되지."

"연봉오리는 연봉오리인데 활짝 핀 연봉오리입니다."

"연꽃의 특성이 다른 꽃과 다르게 꽃과 씨앗이 같이 만들어지지 않는가. 그 특성을 함축적으로 보여주기 위해서 봉오리와 개화한 것을 같이 나타낸 것이지."

"아랫띠에는 생황, 횡적, 요고, 비파를 연주하는 천인상들입니다. 지금의 악공들도 이 악기들을 연주하고 있지요?"

"그럼! 신문대왕께서 소리로서 세상을 화평하게 하라는 신탁을 받은 후 음성서를 대폭 확대 개편하여 당나라에서 새로운 악기도 들여오고, 이전부터 사용하던 악기도 많이 발전시켜서 제사나 연회를 할 때면 옷을 갖추어 입고 도열한 악사들의 모습이 장엄하기조차 하지."

"윗띠에도 가야금과 횡적을 연주하는 천인들이 반복적으로 나타나고, 연뢰의 띠에도 요고와 비파, 횡적, 생황을 부는 천인들이 초문, 꽃잎과 함께 천공을 날고 있군요."

"모두 대왕의 치적을 찬양하는 것이기도 하면서 부처님의 세계를 나타내고 있어."

"감은사종과 이 진여원종에는 한 개의 문양을 만들어 도장을 찍듯이 반복적으로 이루어지는데 왜 그런가요?"

"세밀한 문양을 일일이 새기기가 까다로워서 일정한 규격에 따라서 찍어내듯 반복을 하면 비교적 편리해서 그렇게 했지."

"그럼 원래 문양은 무엇으로 새깁니까?"

"나무에 새겨서 찍는 방법도 있으나, 여기에 적용된 방법은 종에서 일정한 규격의 틀을 만들어낸 후 칼을 이용하여 음각으로 새기

는데, 음각으로 선을 새기면 칼의 속도감이 있어서 경쾌하게 표현할
수가 있지. 사실, 선을 손으로 양각표현을 하면 기운생동하게 표현하
기가 여간 까다롭지 않기 때문이야. 만교도 잘 알지 않는가."

"틀은 무엇으로 만듭니까?"

"고운 흙으로 일정한 크기의 모양을 떠낸 후 말려서 붓으로 그림
을 그리고, 붓의 선을 따라서 칼로 새긴다. 그런 후에 벌집에서 추
출한 밀납을 부어 모양을 떠내면 실제의 모양이 보이는데 이 과정
을 여러 번 반복하면서 제대로 새겨졌는지를 확인하면서 완성하게
된다."

"밀납을 녹여서 흙에 부으면 흙과 섞여서 떨어지지 않는데요?"

"흙을 완전히 말린 후 소기름을 바른 후에 밀납을 부으면 잘 떨어
지지."

"밀납은 굳으면서 조금씩 줄어들어 원래의 크기보다 작아지는데,
조금씩 작은 것이 여러 번 반복되면 처음보다 많이 부족하게 될 텐
데요?"

"그래서 이 종의 윗띠의 뒤쪽에 보면 줄어들어 부족한 만큼 따로
덧붙인 표시가 있어."

"윗띠, 아랫띠, 연뢰의 띠는 모두 그렇게 찍어서 만든 방법이군요."

"찍어서 만들면 한결 시간을 줄일 수 있을 뿐 아니라 각각 다른 모
양으로 만들어서 발생할 수 있는 규칙이 없는 혼란스러움도 방지하
지. 다른 말로 하면, 아주 복잡하게 보이지만 같은 것을 반복하니 규
칙적 질서가 생기면서 단정해 보일 수 있는 것이야."

"그런데 황룡사의 문양들은 도장을 찍는 방법이 아니던데요."

"문양들이 너무 크기 때문에 찍어내기가 마땅치가 않고 … , 하나 하나 다 만들어야 하니 보통 힘이 드는 것이 아니야. 많은 공력이 필요하지. 우리가 성덕대왕신종을 만드는 방법도 모두 하나하나 만들어야 할 것이야. 만교에게 초문을 그렇게 많이 연습을 시키는 것이 바로 그것 때문이란다."

"그래서 반복 또 반복 … "

"뛰어난 공장과 화공들은 이러한 반복의 훈련을 거쳐서 형태를 매우 비슷하게 만들어서 서로 조화롭고 통일성을 가질 수 있게 나타내는 것이 중요해."

"이 연뢰들도 하나의 모양을 만들어 여러 개를 반복해서 찍어낸 것이네요."

"이것은 꼭지는 좁은데 끝은 넓고 둥글어서 만들기가 더 어렵지. 틀을 두 개로 분리해서 안쪽이 넓어도 빠질 수 있게 해야 하지."

"그런데 종머리에 용이 있고, 연뢰대 하나에 봉오리를 아홉 개씩 사방으로 배치했는데 왜 이렇게 한 것입니까? 꼭 용의 젖꼭지 같습니다."

"용의 젖이 세상을 먹여 살린다는 뜻인가? 재미있네."

"꼭지가 용의 젖꼭지이면 유두를 둘러 싼 띠는 유곽이고 연봉오리이면 연뢰대가 되네요."

"그렇지, 그렇지!"

"그런데 내용은 많이 복잡한 것 같습니다."

"실은 종에서 연뢰의 뜻을 해석하기가 가장 어려운 일이야. 만교가 뜻을 제대로 알아듣기가 쉽지가 않을 것이야."

"연꽃봉오리 36개에 무슨 대단한 비밀이 있나보네요."

"정신을 바짝 차리고 머릿속에 넣어야 하네."

"말씀해 주세요."

"내가 알기로 이것은 역易의 괘상卦象을 나타낸 것이야."

"역은 갑자부터 다음 갑자가 돌아올 때까지 60개이지 않습니까?"

"그것은 갑을병정무기경신임계 천간天干 10개와 자축인묘진사오미신유술해 지지地支 12개의 조합이고, 64괘는 천지天地 하늘과 땅, 산택山澤 산과 연못, 뇌풍雷風 천둥과 바람, 수화水火 물과 불 8인자因子를 서로서로 조합시켜서 나오는 것으로 팔팔은 육십사로 64를 말하지. 60갑자는 천지음양오행의 합으로 시간의 순서를 정할 때 많이 쓰이고, 64괘는 사물의 성질이나 성품을 풀이할 때 많이 쓰이지."

"그러면 이것들은 언제부터 종에 새겼나요."

"원래는 언제부터인지 모를 정도로 오래전부터 중국사람들이 악기연주에서 사용한 악종樂鐘인 편종編鐘에서 유래한 것이야."

"편종이라니요?"

"편종이란 64괘에 맞추어 64개의 크기가 다른 뉴종鈕鐘, 편종과 한 개의 박종鎛鐘을 걸어두고 연주하는 것이라네."

"그런데 왜 꼭지가 64개가 아니고 36개 입니까?"

"64개로 하면 너무 번잡하지. 그래서 36개를 한 것이야. 36개는 역경에서 우주를 상징하는 하늘의 운행원리, 즉 주천도수周天度數를 뜻해. 우리 몸안의 오장육부五臟六腑 12경락十二經絡과 24척골二十四脊骨의 합 36궁三十六宮 모두가 봄처럼 생기가 넘치기를 기원하는 것이지."

"오장육부, 경락, 척골이라니요?"

"사람의 신체가 하늘의 이치를 간직하고 있다고 보는 것이지."

"그것보다는 꼭지가 9개씩 있는 것이 서로 연결시키면 불교의 만卍자를 연상시킵니다."

"그 말도 맞아. 36궁의 뜻이 인체와 우주의 원리를 하나로 보고 있는 것이니 부처가 증험證驗한 우주 법계의 온갖 덕을 갖춘 것이라는 만다라와 그 의미가 쉽게 맞아 떨어진다고 보아도 되지."

"하여간 골치가 아픕니다. 또 무슨 의미가 있습니까?"

"4묶음이니 춘하추동, 다시 좀 더 어렵게 말하면 태생胎生, 난생卵生, 습생濕生, 화생化生의 사생四生과 보살의 단계까지를 말하는 구계九界를 나타내니 모든 중생을 의미하지. 새벽예불, 사시예불, 저녁예불 하루 3번, 36곱하기 3은 108, 백팔번뇌로 생각할 수도 있지."

"용의 배에 있으니 용의 젖꼭지이기도 하고, 연봉오리이기도 하고, 역경을 나타내기도 하고, 부처님의 만다라를 나타내기도 하고, 춘하추동, 사생, 구계, 백팔번뇌 … 어휴"

"골치가 아파?"

"쇳덩어리에 무슨 놈의 생각이 그렇게 많이 들어가 있습니까?"

"사람이란 것이 원래 그래. 그러니 다른 짐승들하고 다르지."

"그런데 이렇게 뭉툭한 것들이 잔뜩 달려있으니 종소리에 방해되지 않습니까?"

"방해를 하는 것이 아니고 오히려 좋게 하지."

"좋게 하다니요?"

"이 위치에 연뢰들이 붙어있으면 종의 몸체가 지나치게 떨어서 잡

소리가 만들어지는 것을 막는 구실을 한다네."

"왜 그런 것이 필요합니까?"

"종은 옛날 중국의 편종에서 따왔다고 하지 않았나. 편종은 크기가 다르고 소리가 다른 여러 개를 걸어놓고 다른 악기들과 같이 연주를 하기도 하는데 소리가 너무 오랫동안 울리면 다른 악기의 소리에 방해가 되기 때문에 소리 울림을 짧게 할 필요가 있어서 여러 가지 방책을 마련했는데 이 돌기들도 그 중 하나이지."

"아무래도 이것에 관한 것은 나중에 직접 보면서 들어야겠습니다."

"그렇게 하지. 한 번 들어서는 알기가 어려워."

"어쨌든 소리의 떨림을 방지하는 장치에 우주만물의 원리를 넣었다니 옛 사람들의 혜안에 놀랄 따름입니다. 그렇지 않습니까?"

"그렇지. 사람은 하늘과 땅, 세상의 모든 것과 이어져 있어서 어느 한 부분 허투로 할 수 없지. 그래서 틈나는 대로 공부를 할 수 있으면 하는 것이 좋아. 아무것도 모르면 남이 시키는 대로만 하니 자신이 무엇을, 왜 하고 있는 줄도 모르지."

"대공장님은 공부를 많이 해서 그런 말을 쉬이 아시겠지만 … "

"자네도 지금부터라도 글을 배우면 늦지 않을 것이야. 우리 신라 스님들은 '사람은 모두 똑같다'는 평등사상이 강해서 우리 같은 천민이라고 업신여기지 않지. 그리고 우리 신라의 계급이 골품으로 나누어져 있어서 사람들을 차별하는 것은 맞지만 그래도 능력이 있는 사람들은 어느 정도는 출세를 할 수 있지 않은가?"

"우리 같은 천민이야 출세를 할 수 있나요?"

"출세는 하지 못해도 남의 업신여김은 덜 받지."

"어떤 스님은 학식이 있는 낮은 등급의 사람들을 오히려 무시하던데요?"

"스님이라고 다 도가 통한 사람은 아니지 않은가? 스님의 탈을 쓴 마구니도 있어. 그들은 자신의 부족함을 수양으로 채우려고 하지 않고, 욕망과 시기심에 사로잡혀 남을 괴롭히지."

"절에는 용과 뱀이 뒤섞여 산다더니 그 말이 맞군요."

"우리 마음속에도 용과 뱀이 뒤섞여 있지."

"윗띠에, 연뢰띠에, 아랫띠에 새겨진 모든 사람들이 악기를 연주하고 춤을 추는데 왜 이렇게 합니까? 부처님 말씀을 들을 때나 왕의 행차에는 근엄해야 하는데."

"왕이 행차하는 것은 백성들에게 기쁜 일이요, 부처님의 말씀이 세상에 울려 퍼지는 것도 기쁜 일이 아닌가. 그래서 이 좋은 일을 축하하기 위해 많은 사람들이 악기를 연주하며 즐거워하는 것이지."

"그런데 종의 몸에 커다랗게 새긴 두 사람은 왜 이렇게 했나요?"

"제대로 보여주기 위해서이지. 큼지막하니 보기에 얼마나 좋은가. 그런데 내가 생각하기에 이렇게 크게 새기는 것은 아무래도 종을 만드는 이유와 연관이 있을 것이야. 감은사종과 이 진여원의 종에는 다른 부분의 천인상들과 함께 어울려 악기를 불지 않은가? 그런데 황룡사종은 어떤가?"

"황룡사종에는 향로를 들고 공양을 바치는 자세인데요."

"그렇지 왜 그럴까?"

"글쎄요?"

"감은사종과 진여원종에 들어간 천인상들은 모두 우리 신라 사람들이야. 잘 봐, 모두 우리 신라의 옷을 입고 있지 않은가. 통이 넓고 아래가 좁은 대구고大口袴 바지를 입었네. 우리 신라의 남녀노소가 즐겨 입는 옷이 아닌가."

"그래도 머리에는 화관을, 목에는 화려한 목걸이를, 팔에는 팔찌를 차고, 구슬 띠와 옷자락을 바람에 날리는데요?"

"그것은 불교의 천인들이 영락을 꾸민 모습인데 천축국 사람들이 옷을 입는 법이 아닌지 모르겠다."

"그럼, 천축국 사람들이겠네요."

"얼굴이 우리 신라 사람의 평화로운 모습을 하고 있고, 대구고를 입고 우리 신라의 악기를 연주하니 신라 사람이지 않겠나?"

"왜 두 명이 악기를 연주합니까?"

"혼자는 너무 외로워 보이잖아. 혼자서 하는 것보다는 함께한다는 의미도 있겠지."

"남자와 여자인가요?"

"원래 불교에서 천인天人들은 남녀 구분이 분명하지가 않아. 힘을 쓰거나 죄인을 심판하는 신장들은 근육이 우락부락한 남자의 모습을 하는데 그 외의 천인들은 남녀를 표시하기가 애매해. 보살이 남자인가 여자인가?"

"보살님들요? 글쎄요 다들 남자인가? 아니, 관음보살님은 여자처럼 허리가 나긋나긋하게 만들던데?"

"천축국에서 보살은 원래 남자로 만들어졌는데 나중에 중국으로 들어오면서 아름다운 모습으로 바뀌었지만 그렇다고 여자로 된 것은 아니야. 사실 보살님들은 이미 금욕의 경계를 넘었고 부처님처럼 깨달은 분들이니 남자와 여자가 무슨 상관이 있는가? 그저 자비로운 어머니처럼 중생을 보살펴주시는 모습이 제일이지."

"어머니처럼 … , 그래서 여자처럼 그리나요?"

"말이 그렇다는 것이지 여자는 아니라고 하지 않았나."

"불교에서는 여자로 태어나면 성불을 하지 못한다는 말이 있던데요?"

"나도 그 말이 있다는 것은 알고 있는데 왜 그럴까? 부처님 출가 전 마노라님 야소다라께서 너무 바가지를 긁으셨나?"

"네?"

"아니다. 그냥 재미삼아 해본 소리야."

"제가 보기에 이 큰 천인상들이 악기를 불고 있는데 하나는 남자이고, 하나는 여자인 것 같습니다."

"어떻게 남자와 여자를 구분하지?"

"여기 보세요. 공후를 안고 있는 천인은 몸집이 조금 크고 얼굴이 넓적하니 못생겼고, 생황을 불고 있는 천인은 몸집도 조금 작고 얼굴이 동그라니 예쁘게 생겼네요."

"하하, 또?"

"저는 여기까지만 생각할 수 있습니다. 이제 대공장님이 이야기를 해주시지요."

"그럴까. 감은사 문무대왕신종에 천인은 왜 새겼을까?"

"문무대왕의 혼령이 듣고 기뻐하시라고 그렇겠지요."

"그런데 여기에는 왜 공후와 생황일까?"

"글쎄요?"

"신문대왕께서 생전에 음성서의 악사들이 생황과 공후의 연주 듣기를 아주 좋아하셨어."

"대왕께서 생황과 공후 연주를 좋아하셔서 새긴 것이란 말씀이네요."

"세상의 악기가 모두 좋은 뜻과 소리를 가지고 있지만 생황과 공후가 그 중 좋은 소리를 가지고 있지."

"당연하지요. 소리가 아름답지 않으면 악기가 아니지요."

"생황은 사람의 들숨과 날숨으로 소리를 내는 관들로 구성된 악기이고, 공후는 사람의 손으로 줄을 튕겨서 소리를 내는 현악기이니 악기소리 내는 법을 대표하지. 특히 생황은 두 개 이상의 음이 동시에 나는 것이 마치 소리가 무지개처럼 여러 음색을 포용하여 낼 수 있고, 모양은 꼭 날개를 접은 봉황의 형상이지. 봉황이 스스로 오덕五德을 갖추고 있듯이 생황은 중생의 오온五蘊의 음색을 갖추고 있다고 볼 수도 있어. 선왕들께서는 생황소리와 함께 서동요, 찬기파랑가, 헌화가와 같은 향가 듣기를 무척 좋아하셨다고 들었어."

"뿐입니까. 현을 튕기는 소리가 일품인 공후도 목이 휘어진 것이 봉황의 목을 닮았지요. 공후를 안고 줄을 튕기면 공명으로 전해지는 소리가 여인의 심장처럼 가슴에 전해온데요."

"참 비유도 좋구나. 생황도 봉황이고 공후도 봉황이면 하나는 수컷 봉鳳이고, 다른 하나는 암컷 황凰이어야 하는데 어떻게 정하는 것이 좋을까?"

"대개 수컷이 화려하니 많은 음관을 가진 생황을 봉으로 하지요."

"그럼 공후가 황이 되네."

"아까 말씀드렸지 않습니까. 공후를 안고 있는 못생긴 천인이 남자라고. 남자가 암컷 황을 품고 있고, 여자가 수컷 봉을 불고 있으면 이치에 맞는 것이 아닙니까? 그리고 여기를 보세요, 생황을 불고 있는 천인의 가슴이 볼록하게 솟았지 않습니까?"

"하하하, 만교의 생각이 재미있으면서도 이치에 맞는구먼."

"저도 눈썰미가 꽤 있지요."

"그런데 하늘의 천인들이 남자이든 여자이든 무슨 의미가 있겠는가? 우리 신라가 일통삼한 한 원동력이 화랑과 원화이니 화랑과 원화면 어떻고, 아니면 우리 신라에서 가장 아름다운 여인네들이면 어떤가."

"이 종을 만들 때쯤 우리 신라의 어여쁜 공주 두 명이 당나라 놈들에게 끌려갔다는 이야기도 있던데요."

"나마 천승의 딸 포정과 정원이라는 이야기가 전해져 오는데 모두 왕의 고자매姑姉妹여서 당의 현종이 돌려보냈다고 해."

"그럼 이 두 천인이 그들인가요?"

"글쎄? 이 천인상이 그들을 새긴 것일까? 그런 비운의 주인공을 이런 성스럽고 경하스런 곳에 새길 리는 만무하지."

"대공장님, 저도 이렇게 어여쁜 여인과 하늘을 날면서 생황과 공후를 부는 날이 왔으면 좋겠습니다."

"그러니 빨리 장가를 가!"

"군관댁 하녀와는 싫습니다."

"허이구, 여인과 하늘을 날면서 노닐 꿈이나 꾸고 있으니 언제 철이 들까?"

"철이 들지 않는 사람은 죽을 때까지 철이 들지 않는답니다."

"어쨌든 이 종에 있는 모든 이들이 악기를 연주하고 있으니 소리로서 세상을 화평케 한다는 신문대왕의 뜻이 이어지고 있는 것이지."

진여원에서는 법회나 예불을 할 때뿐 아니라 훈련원들에게 시각을 알릴 때에도 종을 쳐서 하루에도 여러 번 종이 울렸다.

"감은사종과 비교해서 소리가 어떤가?"

"종이 작지만 소리가 더 맑고, 입구가 좁아서인지 소리에 힘이 있습니다."

3. 양지스님의 흔적을 찾아 - 신비로운 조각승

　금정과 만교는 진여원에서 서라벌로 돌아올 때는 다른 길을 택하였다. 단석산의 북쪽 고개를 넘어서 건치내 옆으로 즐비한 오래된 왕족들의 무덤을 보고, 법흥대왕릉에 들러 참배하고, 김유신공의 묘에 들러서 예를 갖춘 후 곧장 굴연강을 건너지 않고 계속해서 동쪽으로 나아가 왕경이 내려다보이는 골짜기를 따라 오르기 시작했다.

　"대공장님 굴연을 건너지 않고 어디로 가십니까?"

　"석장사錫杖寺로 갈 것이네."

"석장사에는 왜 갑니까?"

"우리 신라에서 사람의 모양을 가장 뛰어나게 만들었던 사람이 누구인가?"

"금정 대공장님 아닙니까?"

"그런 쓸데없는 소리는 하지 말고."

"석장사에 가신다니 양지스님의 흔적을 찾아가는 것이네요."

"그래, 따로 시간을 내기 어려우니 이참에 양지스님의 유적이 남아있는 석장사, 영묘사, 사천왕사를 둘러보려 한다."

굴연강 북쪽, 야트막한 산중턱에 자리잡은 석장사에 가니 가장 먼저 전돌을 쌓아서 만든 탑이 눈에 들어온다.

"이 석장사의 이름이 무슨 뜻인 줄은 알지?"

"양지스님이 지팡이 끝에 포대 하나를 걸어두면, 그 지팡이가 저절로 시주의 집으로 날아가 흔들면서 소리를 내면 시주가 그것을 알고 제祭에 필요한 비용을 넣어 주면 지팡이가 다시 날아서 돌아와서 생겼다는 이름이라는 것은 알고 있습니다. 나도 그런 석장이 있으면 평생 배고플 일이 없을 것인데요."

"너도 양지스님처럼 뛰어난 법력을 가져봐. 나부터 너의 포대자루에 시주를 담아줄 터이니."

"가당찮은 말씀도 잘 하십니다."

"저기 위로 길쭉하니 탑이 보이지?"

"그렇습니다. 절집보다 높이 삐죽 솟아 있네요."

"저 탑은 돌을 쌓은 것이 아니라 전돌을 구워서 쌓은 것이야."

"우리 신라에는 돌이 얼마나 좋은데 왜 전돌을 굽습니까?"

"3천 부처님을 봉안하기 위해서이지."

"무슨 3천 부처님입니까?"

"돌에 일일이 3천의 부처님을 새기기가 얼마나 힘이 드는가. 그래서 부처님이 새겨진 전돌을 한 장 만들어서 반복적으로 찍어내면 수월하게 3천 부처님이 만들어지지. 가서 자세히 봐."

"하나하나 살펴보니 정말로 전돌마다 부처님이 새겨져 있는데 모두 똑같습니다."

"당연하지 하나의 틀에서 나왔으니."

"그런데 이 전돌에는 부처님이 새겨져 있는데 저 전돌에는 부처님 옆에 탑도 새겨져 있네요. 탑만 찍혀있는 것도 있고."

"한 가지만 하려니 재미가 없어서 여러 가지로 하신게지."

"이렇게 찍어서 만든 부처님에 무슨 영험이 있습니까? 그래도 한 분 한 분 부처님을 정성스레 다듬는 공력이 들어가야 영험이 있지."

"신라 사람들의 생각이 대부분 만교와 비슷하니 전돌로 만든 탑이 많이 없지. 하지만 편리한 방법이긴 해."

"옛날 백제인들도 전돌을 잘 사용한 것으로 압니다만."

"바다를 통해서 중국과 교류가 많았던 백제 사람들도 전돌을 잘 다루었지."

"양지스님은 어떻게 전돌로 탑을 쌓을 생각을 하셨을까요?"

"나도 몰라. 원래 신라 사람들은 전돌을 쌓아서 탑을 만드는 것은 별로 좋아하지 않았는데 양지스님 이후로 전돌로 쌓은 탑들이 조금씩 만들어진 것 같아."

"그럼 혹시 … "

"무슨?"

"혹시 양지스님은 중국에서 오신 분이 아닐까요?"

"그럴지도 모르지. 대륙과 삼한지역은 이어져 있고 바다를 통해서도 왕래가 잦았으니 그럴 수 있지. 우리 신라사람들 중에서도 대륙에 가서 이름을 날린 분들이 많지 않은가. 성덕대왕의 셋째 아드님이신 중경왕자重慶王子께서 당에 건너가 성불하여 교각喬覺의 법명을 얻었는데 그를 믿고 따르는 당나라 사람들이 어마어마하게 많다는구만."

"양지스님이 처음 중국의 굽는 전돌을 신라에 전해 온 것일까요?"

"전돌을 이용한 문화는 원래 삼한의 문화가 아니고 중국적인 방법이야. 그들은 어마어마한 크기로 천하를 둘러싼 만 리나 되는 장성을 전돌을 찍어서 쌓은 사람들이야. 그러니 생활 곳곳에서 전돌을 자유자재로 사용했어."

"그들은 왜 그렇게 전돌을 좋아했을까요?"

"돌보다는 일정한 규격을 만들기에 편리하거든. 그리고 우리 신라사람들은 소박하고 천진난만한 모양들을 좋아하는데, 중국사람들은 복잡하고 위엄 있는 것들을 좋아해. 내가 본 중국의 불상이나 다른 물건들을 보면 거의 대부분 무늬가 반복적으로 이루어져서 눈알이 빙빙 돌 정도로 복잡하고, 불상의 얼굴에는 웃음기라고는 찾아보기 힘든 위엄으로 가득한 것이 많았어."

"우리 신라인들이 만든 불상들에는 만면에 웃음이 가득한 불상들이 많았지요. 그런데 언제부터인가 우리 신라의 불상에도 웃음이 없는 근엄한 얼굴들이 많아지던데요."

"아마 일통삼한 한 다음에 위엄 있는 얼굴이 많아졌을 것이야. 큰 땅을 다스려야 하니 큰 힘이 필요하게 되고, 큰 힘이 미소를 지을 수는 없지 않은가? 아마 대륙의 불상에서 미소가 없는 것도 그런 엄숙한 큰 힘으로 천하를 다스려야 하기 때문에 그런 것인지도 몰라."

"그런데 대륙에서 건너온 어떤 불상들은 우리 신라인들의 불상표정처럼 미소가 가득하던데요."

"그것들은 천하를 평정한 화족들이 만든 것이 아닐게야. 대륙의 북쪽에는 말을 타고 너른 초원을 누비는 여러 민족들이 있었는데 그들의 성품도 초원처럼 밝았을 것이야. 네가 본 그 불상들은 아마 그들이 만든 것일 게다."

"우리 신라인들은 어디서 왔을까요?"

"계림의 나뭇가지에 걸린 황금상자에서 나오고, 흰 말이 남겨놓은 알에서 나오고, 하늘에서 내려온 황금상자에서 6개의 알에서 나오고. 조선에서 부여가 나오고, 부여에서 고구려가 나오고, 고구려에서 백제가 나왔지 않은가. 또 전하는 이야기로 하늘사람과 곰 사이에서 사람이 났다는데 이런 신묘한 일들을 어떻게 다 알 수가 있겠는가?"

"우리 신라와 백제, 고구려인들은 말이 비슷한데 한 곳에서 나온 사람들이 아닌가요?"

"서로 이웃하고 있는 걸로 보아 아주 옛날에는 한 조상에서 나왔을 수도 있지."

"그리고 우리 신라도 대륙과 바로 연결되어 있으니 고구려 넘어 대륙에서 왔을 수도 있겠네요."

"그것뿐이겠는가. 삼한 땅은 바다로 둘러싸여 있으니 어디 먼 바다를 건너서 왔을 수도 있지. 서라벌에서 가끔 생김새가 해귀海鬼처럼 이상하고 노릿한 냄새가 나는 이들을 볼 수 있지 않은가. 그들은 배로 한 달이나 넘게 바다를 건너서야 신라에 도착한다네. 그들 중 어떤 이는 신라의 여인네에 빠져서 살림도 차렸지. 그 자식들의 모습도 색다르지 않던가."

"그 옛날 가야국의 왕비도 원래 가야사람이 아니라고 하던데요."

"천축국 아유타 사람으로 들었네."

"천축국이 어디인가요? 여기서 얼마나 멀까요?"

"만 리가 넘는 중국대륙을 지나고, 불타는 땅을 지나고, 얼음 땅을 지나고, 바위 땅을 지나고 다시 독충들이 우글거리는 무서운 땅을 지나야 한다는데."

금정과 만교는 굴연강을 건너서 영묘사靈廟寺로 갔다. 양지스님이 만든 장육존상과 천왕상들을 보기 위해서이다. 영묘사는 법흥왕 때 이차돈이 불교를 위하여 목숨을 바친 천경림天鏡林의 터에 나중에 선덕여왕의 발원으로 세운 절이다. 천왕문에 이르니 흙을 발라서 만든 천왕상이 얼마나 정교하고 화려하게 채색이 되었는지 보는 사람들이 저절로 감탄하게 한다. 연못을 메워서 세운 3층짜리 웅장한 금당안의 장육존상 삼존불도 사람들에게 부처의 환희심을 일으키는 것으로 유명하다. 금정이 절의 마당을 지나 금당으로 가면서 노래를 한다.

에구 에구 에구
에구 애달파라
애닳은 사람들아
공덕을 닦을 지니라.

"갑자기 그 노래는 왜 하십니까?"

"너도 아느냐?"

"그럼요. 양지스님이 영묘사의 이 부처님을 조성할 때 온 성안의
선남선녀들이 서로 다투어 흙을 운반하면서 부른 노래 '풍요가'이지
않습니까?"

"사람들이 왜 노래를 불렀을까?"

"양지스님이 워낙 도력이 높아 신묘한 능력을 보이시는 분이니 사
람들이 다투어 와서 흙을 나르면서 부른 노래이지 않습니까."

"사람들은 양지스님의 부처님을 만드는 것을 돕는다면 자기들도
부처님 나라로 갈 것이라고 염원하는 노래이지 않은가."

"부처님 나라에 가고 싶지 않은 사람이 어디 있습니까? 영묘사 큰
부처님을 그렇게 훌륭한 스님이 만드신다니 사람들마다 돕고 싶은
마음이 저절로 우러나오지요."

"우리가 만드는 종도 부처님의 일인데 우리도 부처님의 나라에 갈
수가 있을까?"

"마음 한구석에는 그런 염원이 없는 것이 아닙니다요."

"사람들이 양지스님을 돕는 것처럼 우리들을 도울까?"

"그것은 잘 모르겠습니다."

"왜?"

"양지스님이 일을 할 때는 흙을 나르는 수고만 하면 됐지만 … "

"우리 일도 날라야 하는 흙이 많은데."

"그것이야 도와주겠지요."

"대답이 시원치가 않은데, 마음에 흔쾌하지 않은 것이 무엇인가?"

"대공장님은 정녕 모르십니까?"

"무엇을?"

"지난번 황룡사종을 만들 때, 그리고 이번 성덕대왕신종을 만들기 위해서 화주를 맡은 스님들이랑 각지의 관리와 군사들이 백성들에게 놋쇠란 놋쇠는 죄다 거두어들이지 않았습니까? 민초들의 원성이 높습니다요."

"그럼 우리가 만드는 종소리는 민초들 원성의 소리가 되겠네."

"말하자면 그렇다는 것이지요. 하지만 이왕 종을 만들기로 했으니 그런 민초들의 원성이랑 선대왕의 공덕을 찬양하는 왕실의 발원소리 모두 낼 수 있는 종을 만들어야지요."

"그려, 우리는 사람들의 원망과 발원을 모두 모아서 부처님 해원정토解寃淨土로 가져가야지. 그것이 우리가 공덕을 닦는 길이야."

"에구 에구, 나는 언제나 이런 부처님을 만든 공덕 쌓아 이 고생을 벗어나나."

금정은 만교를 데리고 금당 안으로 들어가 얼굴을 높이 들어 한참을 부처님 얼굴과 맞춘다. 이 불상은 조성할 때, 양지스님이 입정入定하여 삼매三昧에서 본 부처님의 형상을 본떠서 만들었다 한다. 전신사조傳神寫照, 부처님의 마음이 스님의 마음으로 옮겨간 것이다. 고개를 숙여 금정을 내려다보는 금빛 찬란한 부처님과 협시보살님들의 얼굴이 마주선 금정에게 어떤 마음을 일으켰는지 금정은 몸의 자세를 단정히 하더니 삼배를 올린다.

"만교는 이 불상을 보니 어떤 생각이 드는가?"

"참으로 잘 만들었다는 생각이 듭니다. 그런데 부처님이 너무 크고 금빛으로 빛나니 저는 초라하기 그지없습니다."

"그리고는?"

"황룡사의 장육존상 부처님도 웅장하고 잘 만들어서 불국토 부처님 앞에 있는 것 같았는데 이 부처님 앞에서도 비슷한 느낌이 듭니다."

"만교의 마음에 불국토가 생기기 시작하였나?"

"네? 옹졸하기 그지없는 이놈의 마음에 무슨 부처님의 나라가 생기겠습니까? 저렇게 큰 부처님을 뵈니 그런 생각이 드는 것이지."

"사람들에게 그런 마음을 생기게 하는 양지스님은 참으로 훌륭한 분이지. 우리도 그런 마음이 일어나게 하는 소리를 내는 종을 만들수 있으면 얼마나 좋을까?"

사천왕사는 영묘사에서 가까운 남쪽에 있다. 이곳에는 목탑을 세운 기단부에 양지스님이 흙으로 만들어 녹유를 입혀 구운 신장상들이 유명하다. 기단부의 4면에 한 면당 6개씩, 위를 둥글게 만든 홈에 귀신을 닮은 생령들을 깔고 앉은 신장상들인데 양지스님 이전에도 이후에도 만들어지지 않은 신묘한 것들이다.

하지만, 금정은 이전에도 느끼고 오늘도 느꼈지만 양지스님이 만든 불상들의 묘사가 어디에도 찾아볼 수 없을 정도로 빼어나지만 어색한 느낌이 드는 것은 어쩔 수 없었다.

"정말로 신라인이 아닐까?"

"양지스님 말인가요? 만들기는 정말로 뛰어나네요. 어디에서도 이렇게 섬세하고 정확하고 화려한 불상을 본 적이 없습니다."

"옛날 완달님도 보중스님과 함께 양지스님으로부터 불상 만드는 것을 배웠다고는 들었는데 두 분의 표현방법이 너무 달라."

"어떻게요?"

"완달님도 섬세하기는 하지만 정확하게 만들기보다는 사용하는 재료가 무엇인가에 따라서 그 재료의 특징 가령, 흙을 사용하면 손이나 칼로 흙을 만진 흔적을 굳이 없애지 않았는데, 양지스님에게서는 그런 것을 찾아볼 수가 없어."

"대공장님은 솔직히 어느 것이 잘 만든 것이라고 생각하세요."

"잘 만드는 재주는 중요한 것이 아니야. 마음이 중요한 것이지."

"눈으로 보고 마음이 따라가야지 잘 만드는 것 아닙니까?"

"마음이 없이 눈과 손으로만 잘 만드는 것도 있어."

"양지스님은 손재주가 가히 신묘하니 마음이 부족해도 가려지는 것인가요?"

"내가 판단할 수 있는 것은 아니야. 나중에 먼 훗날 후손들이 판단할 것이야. 그래도 나는 완달님이 … "

"실은 저도 이전에는 양지스님의 불상이 좋았는데 대공장님과 같이 일을 하고부터 눈이 삐뚤어지고 코도 삐뚤어졌지만 사람의 마음이 전해지는 것이 좋아졌습니다."

"많이 늘었네."

"대공장님, 이번에 만드는 성덕대왕신종은 양지스님처럼 매끈하니 빼어나게 만드시겠습니까? 아니면 완달님처럼 만들겠습니까?"

"그때가면 방법이 저절로 정해지겠지. 종은 불상을 만드는 것과는 차이가 많이 나. 불상은 쇳물을 붓고 나서 돌로 갈기도 하면서 틀린 곳을 고치지만, 종은 쇳물이 워낙에 두꺼우니 이곳저곳 거푸집이 깨어진 흔적도 많을 것이고, 어떤 곳에는 쇳물이 덜 돌아서 구멍이 생기기도 해. 그래도 종소리에 지장이 없으면 그냥 두어야 해."

"왜 그냥 둡니까? 다시 만들면 되지?"

"종의 생김새는 조금 부족해도 자꾸 보다보면 익숙해지지만 소리가 좋지 않으면 도저히 참을 수가 없어."

"그래서 성덕대왕신종이 지난번 두 번째 주종에서 모양은 깨끗이 잘 나왔지만 소리가 안 좋아서 깨버린 것입니까?"

"그럼, 종의 모습이야 가까이서만 보면 그만이지만 소리는 십리를 가고 백리를 갈 수 있으니 소리가 훨씬 중요하지."

"많이 배우겠습니다."

"불상은 내가 잘 만들겠다고 하면 잘 만들어지는데 종은 마음대로 되지가 않아. 뭔가 이상한 섭리가 작용하여 종이 만들어지게 하는 것 같아."

"뭔가가 무엇입니까?"

"내가 그것을 알면 이렇게 마음을 졸이겠나?"

"전돌을 굽는 것은 종에 쇳물을 붓는 것보다야 쉽겠지요."

"종에 비하면 일도 아니지만 이 녹유신장상과 같은 것은 굽는 실력이 매우 뛰어나지 않으면 힘들거다."

"대공장님, 그런데 이 신장상들은 전부 구운 것인데 사방에 돌아가면서 똑같은 것들이 한 면에 두 개씩 사면 8개가 완전히 판박이입니다."

"그래, 석 자 높이나 되는 큰 것을 24개나 전돌을 굽듯이 구웠고 거기다 유약을 발라서 물이 스며들지 않게 했네."

"이 유약은 원래 신라의 기술이 아니지 않습니까?"

"우리도 오래전부터 그릇에 유약을 발라왔어."

"당나라 사람들이 사용했다는 그릇을 보면 초록, 황색, 흰색 등 삼색이 칠해진 것으로 보아 여기에 칠한 것은 초록색인 것 같습니다. 이것도 당나라 기술인 것이 분명하지 않은가요?"

"양지스님이 생전에 중국인이라는 것을 남기지 않았으니 알 수야 없지만 이 초록의 유약을 사용한 것은 분명히 신라 사람들의 생각은 아닐 것이야."

"우리는 확실히 삼한의 종을 만들어야지요."

"삼한 사람들의 종은 이미 만들어졌어. 한 소리를 담는 일만 남은 것이지."

　"신문대왕의 한 소리 말입니까?"

　"아니, 삼한 사람들의 한 소리."

4. 황룡사대종 – 위대한 왕을 위하여.

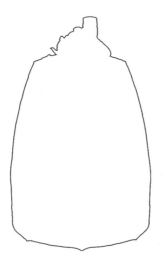

  황룡사는 신문대왕이 동해의 용에게 받은 만파식적, 옥대와 함께 신라의 삼대보물이다. 전불 가섭불의 원력이 샘솟고, 하늘 황룡의 기운이 가장 많이 내려서 신라의 국운을 융성케 하는 천년보궁의 터이기 때문이다.

  황룡사는 금당과 9층탑을 위주로 종각과 여러 보조 건물들이 있다. 솔거를 비롯하여 하늘이 준 재주를 받은 수많은 화공들이 그린

벽화들이 금당건물의 품격을 더 높이고, 무수한 불보살과 나한, 신장, 동자상들이 금당의 제단을 장식하고 그 뒤로는 부처님 세계 법해法海를 그린 후불탱화가 금당에 들어서는 사람에게 정말로 부처님 세계에 들어온 것으로 착각하게 만들어 저절로 불타여!를 연호하게 만든다.

금당의 보물은 뭐니뭐니해도 당당하고 금빛으로 빛나는 장육부처님상이다. 천축국 아육왕이 큰 불상을 세 번이나 시도를 하였으나 성공을 못하여 태자의 의견을 받아들여 다른 나라 사람들과 함께 부처님 법을 전하기 위해 황동 5만7천 근과 황금 3만 푼을 가지고, 1,300년 간 남염부제와 중국 500군데 이상을 다니며 불상 주조를 시도했으나 성공하지 못하고 진흥왕 때 신라에 와서야 문잉림文仍林에서 마침내 보기에 좋은 불상을 만들 수 있었던 것이다. 그래서 자장국사께서 이렇게 노래했다.

어디인들 참고향이 아니랴만
향화의 인연은 신라가 으뜸일세
이는 아육왕이 착수하지 못한 것이 아니라
월성을 찾느라고 그랬던 것이네.

또, 9층탑은 어떤가. 서라벌 사람들에게는 언제보아도 가슴 뿌듯한 자랑거리이다. 왕경 어디에서나 보이는 하늘 높이 우뚝 솟은 9층탑은 누구나 오르고 싶은 곳이다. 선덕여왕 때 걸핏하면 침략해서 사람을 죽이고 물건들을 약탈해가는 백제국 왕에게 진귀한 보물과 비단을 바치면서까지 부탁을 해서 백제의 장인 아비지를 불러와 만든 신라의 보물이다.

그렇게 황룡사의 모든 것은 신라인들의 자부심인 것이다. 그래서 얼마 전에 돌아가신 경덕대왕은 황룡사에 국가와 대왕의 위엄을 나타내는 높이가 10자 3치가 넘는 거대한 종을 주종하신 것이다.

금정과 만교가 황룡사종을 보기 위해서 황룡사 경내로 들어가니 많은 사람들이 분주히 왔다 갔다 하는데 하나같이 지체가 높은 옷차림을 하고 있다. 스님들이 입고 있는 옷도 다른 절과는 달리 반듯하면서도 위엄이 있다.

금정과 만교가 황룡사 앞에 도착해 머리를 뒤로 젖혀 탑을 쳐다보는데 얼마나 높은지 목이 아프다.

"가슴이 뿌듯합니다."

"참으로 가슴이 뿌듯하지."

"세상 어디에도 이렇게 높은 탑은 없겠습니다."

"아니, 당나라 이전 북위라는 나라의 낙양이라는 곳에 영녕사永寧寺라는 큰 절이 있었는데 그곳의 황제 희평熙平 원년에 영태후寧太后 호씨胡氏가 권위를 보이려고 90장의 높이로 조성하였으나 욕심이 과했던지 불과 20년을 못 견디고 불타서 무너져 내렸지. 불길이 얼마나 거세었는지 탑의 기단까지 깨끗이 타서 녹아버렸데."

"왕의 힘이 있고 나라의 힘이 있어야 세울 수 있는 것 아닙니까?"

"다 부질없는 것일 수 있어. 영녕사탑이 그렇게 빨리 불타 없어졌다는데 이 황룡사탑도 언젠가는 그런 화마가 오지 말란 법은 없어."

"그런 말을 들으니 마음이 불안해집니다. 하지만 우리가 만드는 종은 두꺼운 쇳덩이니 화마가 닥쳐도 괜찮지 않습니까?"

"이렇게 큰 집들이 불길에 휩싸이면 아무리 두꺼운 쇠로 된 종이라도 견디지 못하고 녹아버릴 것이야. 이렇게 큰 집을 짓기 위해 쓰인 많은 나무들이 무너져 내려 한꺼번에 불타오르면 그 속에 갇힌 것은 놋쇠든 철이든 견디지를 못해."

"왜 이름이 황룡사입니까?"

"원래 이곳에 궁궐을 지으려고 했는데 공사를 하려니 황룡이 나타나기에 부처님을 위한 절을 지을 곳이라 여겨 부처님의 원력으로 나라를 지키고자 세우게 된 것이다."

"왜, 황룡이 나타났을까요?"

"황룡은 하늘의 중심에서 하늘의 운행을 관장하는 용인데 황제나 왕을 말하지."

"그럼 궁궐을 세워도 되지 않았습니까?"

"하늘의 권위와 부처님의 원력으로 왕의 권위를 높이면 더 좋지."

"무슨 말씀인지 잘 모르겠습니다."

"황룡은 하늘의 정기를 품고 있으니 황룡사를 지어서 그 하늘의 기운을 이곳 서라벌에 끌어온다는 것이지. 서라벌의 하늘이 가끔 자줏빛으로 물들지 않던가? 황룡이 하늘의 기운을 끌어들여서 그렇다는 이야기도 있어. 그때는 신라에는 부처님법이 한창 기운을 받을 때이니 하늘 기운과 부처님의 힘이 합치는 곳이 이곳 황룡사이지."

"대공장님, 우리 같은 하전들이 신성한 황룡사에 들어가면 문지기들이 막지 않습니까? 이곳은 대왕폐하와 같은 지체 높으신 분들만이

기도를 올릴 수 있는 성스러운 곳이지 않습니까?"

"괜찮아. 우리 같은 공장들이 좋은 점이 무엇인가? 아무리 신성한 곳도 공장들이 만들고 수리하지 않으면 다 무용지물이야. 그러니 필요하면 언제든지 들어갈 수 있지. 공장도감의 허가증도 있으니 아무 문제가 없고, 게다가 이곳을 관리하시는 분들은, 사람은 모두 불성을 가진 평등하다고 생각하시는 스님들이지 않은가. 염려 말고 들어가세."

"대공장님이 계시니 든든합니다. 무엇에도 걸리는 것이 없습니다."

"그런데 나도 저 높고 화려한 탑에는 허락 없이 마음대로 올라가지 못해."

"왜요? 대공장님은 부처님도 많이 만들었으니 부처님 수리한다 핑계대고 올라가면 되지 않습니까?"

"물론 어디 문제가 없는지 살피려고 주기적으로 둘러보는 공장들이 있기는 하지만 마음대로 올라갈 수는 없다는 말일세. 탑이 너무 높아서 만약 조금이라도 문제가 생기면 큰일이지 않은가? 그래서 매우 조심해야 하고, 허가가 나지 않으면 귀족이라도 마음대로 갈 수가 없어. 어느 미친놈이 잘못해서 촛불이라도 넘어뜨리면 황룡사탑 전체가 거대한 촛불이 돼서 서라벌을 밝힐 것이 아닌가?"

"이렇게 크고 높은 것이 자랑스럽지만 이곳에 소속된 하전 공장들은 항상 마음이 조마조마 하겠네요. 성덕대왕 때에도 번개와 바람에 조금 기울어져 다시 수리를 했다던데요. 정신 나간 사람은 더더욱 조심해야지요."

"그러니 탑에 오르는 것을 엄히 감시를 하는 것이야."

"이번에는 공장도감의 허가서가 있으니 올라갈 수 있지 않습니까?"

"만교는 이전에 한 번도 올라가 보지 못했는가?"

"아직 그런 기회가 없어서 오늘 가슴이 많이 설레입니다요."

"우선 금당에 가서 부처님께 인사를 드리고 나서 탑을 올라가 보도록 하자."

"탑에도 부처님들이 많겠지요?"

"많지, 한 층 한 층 부처님과 보살님들 그리고 눈을 부릅뜬 명왕과 신장상들이 신라를 지키기 위해 있지."

"층층이 있습니까?"

"그럼, 아홉 개의 층은 저마다 신라를 둘러싸고 있는 아홉 나라들을 제압하는 불보살, 나한과 신장들이 이웃 아홉 나라 구한九韓을 향하여 위엄을 보이고 계시지."

"나라와 왕실을 위한 것이니 얼마나 많은 불보살이 있을까?"

"자장법사가 선덕여왕님께 9층탑 건립의 필요성을 고하면서, 탑을 완성해서 죄인을 사면하고 팔관회를 베풀면 이웃 아홉 나라가 항복하고 조공을 바친다고 말했다는구면."

"아홉 나라라면 … "

"1층은 왜倭, 2층은 중화中華, 3층은 오월吳越, 4층은 탁라托羅, 5층은 응유鷹遊 백제, 6층은 말갈靺鞨, 7층은 거란契丹, 8층은 여진女眞, 9층은 예맥穢貊 고구려인데 이를 구한이라고 한다네."

"그럼 당나라도 우리 신라에게 조공을 바친다는 것입니까?"

"그랬으면 하는 바램이겠지."

"대공장님."

"왜?"

"이 9층탑을 어떻게 쌓아 올렸을까요? 아무리 보아도 신기합니다."

"저렇게 높이 쌓아도 된다는 것을 생각하는 능력이 대단한 것이지. 생각이 서고 나면 집을 짓는 것이야 하나하나 순서대로 쌓아 가면 돼. 그리고 서로 손발을 맞출 수 있는 수백 명의 사람들이 있으면 이렇게 높고 큰 탑도 되는 것이야. 그러니 첫째의 공은 이것을 생각해 선덕여왕께 고한 자장법사이고, 둘째의 공은 이를 받아들인 여왕이시고, 셋째의 공은 이를 만든 백제의 장인 아비지가 아닌가? 그가 소장小匠 200명을 데리고 오지 않았으면 어떻게 3년 만에 이 일을 해냈겠나?"

"저 지붕의 가장 꼭대기에 있는 상륜부는 크기가 엄청날 것 같은데 어떻게 올렸을까요?"

"어느 것 하나 쉬웠겠냐만, 내 생각에도 저것을 올리기가 제일 힘들었다고 생각해. 단번에 올라가지는 못했을 것이고 중간 중간 쉬면서 올라갔을 것이야. 줄을 걸어서 지붕에 있는 큰 구멍에 저놈을 세워야만 기와를 올릴 수 있으니 저 높은 곳에서 떨리는 다리를 부여잡고 똑바로 세우기가 여간 아니었을 것이다. 저것이 길이만 40자가 넘고 쇠로 만들어져서 무게도 황소 몇 마리보다 무거운 것으로 알고 있다. 저것을 받치는 중심기둥인 찰주擦柱를 받치는 심초석도 어마어마할 것이다."

"번쩍번쩍하니 금도 많이 들어갔겠습니다."

"여부가 있나."

"이 황룡사탑을 세운 아비지 목공장이 참으로 존경스럽습니다."

"그때는 일통삼한 전이어서 서로의 마음에 적개심이 있었을 것인데도 그 많은 인원을 이끌고 온 아비지의 가슴에도 자장스님이나 선덕여왕 못지않게 목공장으로서 9층탑에 대한 염원이 있었을 것이야."

"저도 언젠가 9층탑과 같은 위대한 종을 만들 기회가 온다면 적국이 아니라 지옥에라도 갈 것 같습니다."

"아서라. 침착하게."

"어쨌든, 적국인 백제인이라도 데려와야 된다는 왕의 생각도 훌륭하고, 뛰어난 장인을 적국에 보내준 백제의 왕도 훌륭합니다. 제 생각에는 이 탑을 세운 첫째 공은 그 목공장들에 있고, 둘째 공은 이를 시행할 수 있게 한 왕에게 있고, 자장스님은 셋째 공이 아닙니까?"

"왜 그리 생각하느냐?"

"저와 같은 무지랭이도 이 9층목탑보다 더 높은 탑을 세우고 하늘에 다리를 놓으면 좋겠다는 생각은 할 수 있지만 그것을 실제로 만들 능력이 없으면 아무런 소용이 없습니다. 그러니 목공장들의 능력이 자장스님의 생각보다 우선이고, 왕의 분부보다 우선이라는 것입니다."

"자장스님의 생각이 없었고 선덕여왕님의 지원이 없었다면 어찌 이루어질 수 있었겠는가?"

"물론 대공장님의 생각도 일리가 있으나 저는 길을 다니면서 눈에 띄게 뛰어난 것들은 결국 우리 같은 공장들의 능력이 있으니 실현이 된 것이라고 봅니다. 우리 같은 공장들이 이런 것을 할 수 있다는 능력을 보여주지 않았으면 어떻게 자장스님이 그런 생각을 했겠으며 여왕께서 허락을 하셨겠습니까?"

"만교, 너의 가슴에 무슨 분노가 있느냐? 왜 그리 스님들과 귀족들에 대해 울분을 내뱉는가. 구원舊怨이 있는가?"

"그런 것 없습니다. 가끔 너무나 위선적인 이들을 보면 화가 치밀기도 합니다."

"간혹, 정말로 우리를 실망시키는 스님과 귀족들이 있지. 그런 것에 너무 개의치마. 세상을 크게 보아야지. 우리 신분이 천민이라고 생각까지 천하게 할 수는 없지 않은가?"

"대공장님은 이곳에서 대왕의 행차를 본 적이 있습니까?"

"들어볼래? 황룡사대종을 완성하고 날을 정하여 처음 타종을 할 때 대왕께서 행차를 하셨어. 참 대단했어. 큰 나팔 소리가 울리면서 군사들의 외침이 수차례 있었고 곧이어 말에 달린 방울이 요란하게 소리를 울렸지. 드디어 대왕이 백마를 타고 나타나셨는데 눈이 부셔서 똑바로 볼 수 없는 지경이었어. 머리에는 나무와 사슴뿔을 본떠 만든 황금관을 쓰고 관의 안쪽에도 황금으로 된 모자를 썼는데 작은 구멍을 뚫어서 빛이 하나하나 산란하여 더욱 빛났고, 관에서 늘어뜨린 황금장식은 어깨까지 내려왔고, 굵은 귀걸이는 귓바퀴에 매달려 있었다. 자색 용포 위에는 금으로 세공한 목걸이와 몇 겹인지 모르는 푸른 옥구슬을 엮은 가슴걸이에도 금고리와 곡옥이 매달려 있어 차분하면서도 화려하기 그지없었다. 목에서 흘러내린 구슬 띠는 가슴뿐 아니라 어깨까지도 덮고 있었어. 손목에는 금팔찌, 허리에는 수를 셀 수 없는 금장식을 단 요대가 출렁거리고 있었다. 큰칼을 찼는데 얼마나 영험스러워 보이는지 귀신의 목도 벨 수 있을 것 같았다. 박차에 걸린 신발에도 금판을 오려 붙여 발끝까지 조금도 빈틈없이 대왕의 위엄을 잃지 않으셨다. 말의 다래에는 천마가 자색 구름에 휩싸여 흰 깃털을 날리며 입에서 상서로운 기운을 토해내고, 금빛 말안장은 무지개인지 보석인지 모를 정도로 비단벌레의 영롱한 초록빛이 눈부셨지. 말의 가죽 띠에 달린 금색 방울들은 청명한 소리만큼이나 아롱거리는 금빛을 내고 있었다. 백마도 스스로 자랑스러운지 머리를 곧추세우고 걷는 모양이 사람을 깔보고 으스대는 것 같았지. 그 옆을 따르는 왕비의 품위도 왕과 함께 어우러져 그 위엄은 가히 어느 것에 비할 수가 없었다.”

“와! 나도 한 번 보았으면 좋겠다.”

“우리가 성덕대왕신종을 잘 만들면 왕의 행차를 다시 볼 수 있을지 모르겠다.”

“그날 보신 왕의 행차를 조금 더 들려주십시오.”

“그런 날은 원래 대왕의 활력이 넘치고 천지와 조화를 이루어 하늘과 조상에 제사를 지내기에 좋고 부처님께 공양을 바치기 좋은 날로 점지가 되지. 그뿐인가 음성서의 많은 악사들이 제례의식에 맞는 의복을 갖추어 입고 대왕과 왕비, 귀족들이 운집한 황룡사 금당에서 가야금, 거문고, 대금, 중금, 소금, 비파와 생황 등 수많은 악기를 갖추고 자리를 잡고 있었다. 제례시간이 가까워 오자 악사들은 악장의 손짓에 맞추어 대왕이 납시는 것을 경하하는 근엄하고 밝은 연주를 하니, 한껏 기분이 도취된 사람들이 고개를 조아리며 왕의 행차에 예의를 표하면 대왕도 기분이 좋은지 얼굴표정이 환하게 빛났다. 그리고 제관이 왕명으로 제문을 낭독하였다."

"제문의 내용은 어땠습니까?"

"예부터 전해오는 제문의 틀이 있네. 대충 다음과 같은 내용일세. '왕 헌영은 머리를 조아리고 재배하며, 삼가 태조대왕 진지대왕 문흥대왕 태종대왕 문무대왕 신문대왕 효소대왕 성덕대왕 영전에 아뢰나이다. 저는 보잘 것 없는 자질로 숭고한 유업을 이어받아, 자나 깨나 걱정하고 노력하여 편안하게 지낼 틈이 없었으나, 종묘의 돌보심과 천지가 내리는 복에 힘입어, 사방이 안정되고 백성들이 화락하며, 이역의 내빈이 보물을 실어다 바치며, 형정이 공평하고 송사가 없이 오늘에 이르렀습니다. 근자에 와서 저의 도리가 부족함인지 세상의 도가 타락할 징조를 보이고, 천문에 괴변이 나타나고 해와 별은 빛을 잃어가매, 무섭고 두려움이 마치 깊은 못이나 계곡에 떨어지는 것 같습니다. 성심껏 마련한 대종을 제물로 받들어 살아 계신 신령 앞에 드리오니, 바라옵건대 미미한 정성을 밝게 살피사 이 하찮은 몸을 불쌍히 여기시고, 사철 기후를 순조롭게 해주시며, 5사의 성과를 틀리지 말게 하시며, 농사가 잘되고 질병이 없어지며, 먹고 입을 것이 풍족하고, 예의가 갖추어지며, 중외가 평안하고, 도적이 사라지며, 후손들에게 넉넉함을 남겨주고, 길이 많은 복을 누리게 하여 주시옵소서. 삼가 아룁니다'라고 고하고 나면 다시 음성서 악사들이 일

제히 대왕의 덕을 경하하는 연주를 하지. 참 대단했지."

"대공장님, 음악이 왜 그렇게 중요합니까?"

"악樂은 예로부터 예禮를 이루는데 없어서는 안 될 중요한 것이기 때문이지."

"음악이 왜 예를 지키는데 중요합니까? 분위기를 좋게 하기 때문인가요?"

"음악은 사람의 성정을 나타내기도 하지만 때로는 뒤틀어진 본성을 순화시키는 중요한 구실을 하는 것도 음악이니 세상을 다스리는 위정자들에게는 중요한 것이지. 그래서 악은 그냥 길거리의 백성들이 아무렇게나 부르는 것처럼 무질서해서는 안 된다 하네."

"하지만 백성들의 소리는 마음속에 있는 것을 솔직하게 드러내는 것이 더 좋게 느껴지는데요. 귀족들이 듣는 거창한 음악은 나는 따분합니다."

"그렇지, 길거리 백성들의 소리는 곧 군왕의 소리가 될 수도 있어. 군왕이 선정을 베풀면 백성의 노래는 밝고 명랑할 것이지만 군왕의 정치가 하늘의 이치를 거스른다면 백성들의 소리는 한스럽고 원망이 가득하겠지. 그러니 길거리 백성들의 소리가 어떤지를 살피면 군왕의 정치를 살필 수 있는 길이기도 하겠지."

"당연하지요. 나라가 잘 돌아가면 백성들 사이의 음악에는 저절로 흥이 솟아나지요."

"무릇 예악을 말함에 있어, 여러 다른 소리의 조화가 이루어져 천지와 조화를 이루어 인간의 성정을 도야하고 도덕적으로 순화시켜 바른 정치에 이바지할 수 있어야 한다고 하지만 사람들의 성정이 우선 조화로워야 하지."

"대공장님이 보시기에 요즘 길거리의 사람들이 소리하는 것은 어떤가요?"

"많은 이들이 향가를 부르지. 화랑들을 찬양한 향가를 많이 부르고, 백제의 무왕과 선화공주의 이야기를 담은 것과 같은 남녀 간의 정분을 노래한 향가가 아직도 많이 불리고 있고, 드물게 옛 백제의 노래도 부르고 또, 소성거사小性居士 원효스님이 광대들과 무애無碍박을 두들기며 천촌만락을 노래하고 춤추며 교화한 전통을 이은 무애가無碍歌들을 많이 부르고 있지 않은가."

"요즘 젊은 사람들 사이에서 불리는 것은 조금 다릅니다요."

"어떻게."

"애정의 표현이 점점 노골화되고 노랫말은 마치 동물이 본능을 억제하지 못해 울부짖는 것과 같다 할까요."

"고금을 막론하고 사람의 생각과 행동이 절제를 모르고 난잡해진다면 이는 곧 새로운 시대로 들어서는 길목에 왔음이라. 환절기에 많은 이들이 병에 걸리듯 곳곳에 인류의 병과 천지의 기이한 변화가 끊이지 않을 것이네."

금정과 만교는 공장도감의 허가증을 스님에게 보여주고 9층탑을 호위하는 병사들이 지키는 문을 통과하여 황룡사탑에 들어갔다. 수많은 기둥이 세워져 있고, 정교하게 짜 맞춘 연꽃 그림들이 별처럼 꽉 찬 천장 아래의 1층 중심에는 나한과 신장상들의 호위를 받는 불보살들이 왜인들의 준동을 막으시려고 무섭고도 자비로운 얼굴로 남동으로 앉아계신다. 금정과 만교는 왜인들의 노략질을 막아달라고 기도를 올리고 2층으로 3층으로 계속 올라갔다. 계단을 올라갈수록 점점 서라벌의 광경이 한 눈에 들어오는 장관이 펼쳐진다.

6층을 올라가니 얼마나 높은지 현기증이 나려고 한다. 마지막 9층의 난간회랑에 서니 서라벌의 멀리까지 장관이 펼쳐지지만 너무 높아서 탑 아래로는 감히 쳐다보지 못할 정도이다. 금정과 만교는 난간을 따라 가득 맺힌 연봉오리를 만지작거리면서 서라벌 전경을 바라보았다. 남으로는 월성 궁궐이 한눈에 들어오고, 서쪽으로로는 서방정토로 가기를 원하는 선대왕들의 거대한 무덤들이 줄지어 늘어서 있고, 북으로는 굴연강이 서라벌을 둘러싸고 있다. 서라벌 전체에 빈틈이 없을 정도로 무수한 기와집들과 크고 작은 절들이 하늘의 별처럼 많다. 이 위대한 왕국이 천년을 가고 만년을 가기를.

"어떤가?"

"이것을 정말 우리 신라인들이 지었는지 의심이 들 정도입니다."

"백제의 장인 아비지를 불러서 짓지 않았나. 그도 삼한인, 우리도 삼한인."

"이렇게 무서울 정도로 높은 곳을 대왕께서 손수 오르셨을까요?"

"왜, 궁궐 속에 계시는 대왕의 마음이 약할 것 같은가?"

"아무래도 몸소 움직이는 일은 덜하시지 않겠습니까?"

"그분들도 왕에 오르시기 전에는 말을 타고 산과 들을 달리며 호연지기를 키우셨고, 사람의 목숨이 오가는 절체절명의 순간들을 거쳐 오셨는데 이런 탑을 오르시는 것에 무슨 두려움을 느끼시겠는가? 왕비께서는 두려움을 느끼실지 모르겠다."

"왕비께서는 힘이 부쳐서 오르지도 못하겠습니다."

"그럴지도 모르지."

"대왕께서 이곳에 오르셔서 무슨 생각을 하셨을까요? 우리와 같을까요?"

"가슴 뿌듯해 하시면서 왕국이 천년만년 이어지길 원하겠지."

"대공장님, 이렇게 높은 곳에 올라보니 궁금한 것이 있습니다."

"무엇이 궁금해?"

"신라가 일통삼한을 해서 이렇게 위세 있는 나라로 발전하였는데
…"

"그런데?"

"왜 대공장님과 저는 죽을 때까지 남의 집 하전을 하면서 살아야 합니까?"

"……"

"대공장님은 고향이 어디십니까?"

"자네는 고향이 어디인가?"

"이놈은 이곳 서라벌 출생이지만 본향은 원래 하슬라 북쪽이라고 합니다."

"그곳은 옛날 고구려 땅 아닌가?"

"그렇습니다. 고조할아버지까지는 고구려의 군인이었는데 전쟁에 패하는 바람에 포로가 되어서 천한 하전이 되었지요. 대공장님의 부

모님은 어디에서 사셨어요."

"흠, 우리 집안도 비슷해."

"그럼, 대공장님도 전쟁포로 집안입니까?"

"증조할아버지 때까지 낭자곡娘子谷 서쪽에 사셨다는데…"

"낭자곡이 어디입니까?"

"중원경을 말하는데 옛날 백제식 이름이 낭자곡이야."

"그곳은 원래 백제 땅입니까?"

"백제, 고구려, 신라가 번갈아 차지했었지."

"그래서요?"

"우리 조상도 옛날 백제의 보살핌을 받고 살았었는데 백제가 망하는 바람에 모두 포로가 되어서 가족들이 이집 저집으로 뿔뿔이 흩어져서 남의 하전이 되었다네. 그래서 나도 지금 자네처럼 하전으로 있다네."

"집안의 내력이 비슷하네요."

"그런 사람이 한둘인가. 그 와중에도 재물이 있었거나 남의 눈치를 잘 살피는 사람들은 어떻게든 힘을 써서 4품이나 5품은 했는데, 우리 조상들은 무엇이 잘났다고 백제부흥운동인가에 가담을 해서 거의 다 참살을 당하고 우리 식구들만 도망쳐서 숨어살다가 끌려와서 하전이 되었지."

"이런 사실을 도감의 관리들이 알면 경을 치시겠습니다."

"무얼, 이미 오래전 일이고 더 이상 아래로 떨어질 곳도 없지 않은가?"

"그래도 조심하세요. 혹시 아십니까. 흠을 잡으려면 무엇인들 핑계가 되지 않겠습니까?"

"나야 살만큼 살았으니 자네나 조심하게, 만교 자네는 아직 살날이 창해와 같지 않은가."

"이렇게 화려하고 높은 탑이 있고 수많은 기와집들이 즐비한데 우리처럼 사람대접을 받지 못하는 사람들은 어디에서 어떻게 살까요?"

"만교는 왜 그렇게 불만이 많은가. 사람이 살면 얼마나 산다고. 부처님께서 말씀하셨지 않은가, 이생에서 삼악도의 고통을 다 겪어서 전생의 업보를 소멸하면 다음 생에는 복락을 누린다고. 사람 사는 것 금방이야. 한바탕 꿈처럼 허무한 것이 사람 사는 것이야."

"대공장님은 다음 생에서 진골이 되겠습니까, 성골이 되겠습니까?"

"나는 진골도 싫고 성골도 싫어. 그저 아미타 부처님이 계시는 서방정토에서 다시는 나오지 않았으면 해."

"그래도 소인은 다음 생에는 진골이나 성골로 태어나 하고픈 것 마음껏 해보고, 예쁜 마노라님 얻어서 남부럽지 않게 살고 싶습니다."

"그리 하려무나. 하전들도 많이 부리고 살고."

"하전에게도 세경을 많이 주어 풍족하게 살도록 해주겠습니다."

"세상이 자네 생각처럼 되면 얼마나 좋겠는가."

9층탑에서 내려온 금정과 만교는 천왕문 옆 웅장한 종루에 걸린 황룡사종으로 갔다.

"대공장님이 종을 만드신 것은 이것이 처음입니까?"

"처음 참가한 것이야. 그 전에는 불상이나 용을 주로 만들었지. 불상이나 종도 놋쇠를 녹여서 만드니 비슷하지. 황룡사종과 성덕대왕신종을 만들라는 왕명이 내린 후 연습 삼아 몇 개 만들어 보긴 했지."

"원래는 대공장님이 만들지 않았다는 소문이 있던데요?"

"응, 원래는 나보다 종을 더 잘 만드는 덕칠이라는 벗이 있어서 그가 일을 많이 했었지."

"그런데 어떻게 해서 대공장님이 참가하게 되었습니까?"

"종을 만드는 공장도감을 맡은 박사는 따로 있었지만 실제로 일을 한 사람은 사천왕사 근처 어느 대사댁의 하전이었던 덕칠이었는데…"

"무슨 안 좋은 일이 있었다고 들었습니다."

"원래, 종을 시주한 단월자는 경덕대왕과 밀접한 관계가 있던 효정이왕孝貞伊王의 삼모부인三毛夫人의 명의로 했는데, 자네도 알다시피 이 종을 만들 때 자그마치 오십만 근의 놋쇠가 필요했네."

"말이 오십만 근이지 얼마나 많은 사람들의 집안을 긁었을까요? 그때도 그랬고 지금 또 놋쇠를 긁어대니…"

"그렇지, 그때는 놋쇠가 하도 귀하게 되어 민심이 흉흉하기도 했어."

"지금도 민심이 흉흉해요. 지난번 진여원에 갈 때 그 산골에 사는 사람의 말을 듣지 않았습니까?"

"그래서 놋쇠로 된 물건이 몰래 비싸게 팔리게 되었지. 놋쇠가 하도 비싸게 되니 일을 하던 덕칠이의 마음이 순간 흔들렸어."

"왜요?"

"그즈음 덕칠이 집안 사정이 어렵게 되어서…, 그 친구가 산처럼 쌓인 놋쇠를 보고는 급한 마음에 몰래 빼내다가…"

"그래서 그 덕칠이라는 분 대신에 대공장님이 오게된 것이군요."

"그래, 그 친구 종을 만드는 능력이 나보다 나았는데."

"대공장님 말고 다른 거론된 분은 없었나요?"

"있었지. 분황사의 약사여래를 만들었던 본피부本彼部 집단의 강고내말이라는 분이 있었지만 예부의 어떤 분이 당시 이상댁里上宅의 하전으로 있던 나를 추천해서 이 일에 참여하게 된 것이다."

"분황사 그 불상도 정교함과 웅장함이 어디에 내놓아도 빠지지 않을 만큼 빼어난 것인데요."

"그분은 불상을 만드는 솜씨가 너무나 빼어나서 이곳저곳에서 찾는 사람들이 많았지. 석굴사 불상을 만드는 공사에도 참여하시었나? 그분이 너무 바쁘니 대신 내가 종을 만드는데 동원이 된 것이지."

"그럼, 종에 대공장님의 함자가 새겨져 있습니까?"

"아니, 우리 같은 천한 사람은 이름을 새기지 못해. 그리고 이름을 새기는 것이 무슨 큰 덕이라도 되는가?"

"천년만년 명성이 드높을 텐데요."

"천년만년 이 세상에 갇히기 싫다네, 원하면 자네 이름이나 아무도 모르는 곳에 새겨 넣게."

"싫습니다. 그러다 들키면 목숨을 부지하기 어렵습니다. 그런 사람들이 종종 있나보지요?"

"있지. 부처님의 은덕을 독차지 하려는지, 황룡의 능력을 받고 싶은지 구석진 곳에 이름을 몰래 새기는 이들도 있어. 사실은 자신의 이름을 오래오래 남기려는 것이지. 명리名利야."

"저 대종을 만드신 대공장님은 황룡사에 올 때마다 가슴이 뿌듯하시겠어요."

"천만에, 올 때마다 부끄러움에 얼굴을 들 수가 없다네."

"왜요? 남들이 다 부러워하는 일인데."

"다른 사람들 눈에는 부러운 것일지 몰라도 이 종을 만든 나에게는 잘못된 부분만 보여서 늘 가슴이 아프다네."

"잘못된 부분이 없게 잘 만드시지 그랬어요?"

"그때는 내 눈에 보이지 않았어."

"성덕대왕신종을 만들고 나서도 눈에 보이지 않는 잘못 때문에 가슴이 아플 수 있겠습니다."

"모르지. 하지만 환희가 너무 클 때는 작은 잘못은 굳이 마음에 걸리지는 않아."

저녁 예불 시간이 되었는지 스님들이 바삐 움직이더니 스님 둘이서 종각으로 간다.

뎅, 뎅, 뎅

스님 둘이 커다란 당목을 밀어서 종을 치는데 소리가 무겁고 여음이 오래가지 않는다. 콩알만큼 작은 진여원종보다도 못한 것 같다.

"소리가 조금 이상합니다."

"어떻게 이상한가?"

"이렇게 큰 종은 소리도 웅장하고 그 소리가 백 리는 가야할 것인데 그냥 뎅뎅거리는 것 같습니다."

"맞아, 제대로 보았네. 크기만 했지 소리는 마음에 들지 않아."

"스님들이 뭐라 하지 않습니까?"

"이렇게 크게 만든 적이 없으니 원래 이런 줄 아시지."

"왜 이렇게 되었습니까?"

"이렇게 크게 만들어 본 적이 없으니 혹시나 종이 제대로 나오지 않을까 염려가 되어서 종 두께를 거의 한 자나 되게 하였으니 소리가 옹색하게 되어버렸어. 원래 종은 한 사람이 가볍게 당목을 밀어서 쳐도 소리가 나야 하는데 이것은 두 사람이 세게 밀어 쳐야 간신히 울리지. 내 생각에 종이 너무 두꺼운데다가 종의 둘레 폭에 비해 키가 좀 짧다는 생각도 들어"

"종 높이가 10자가 넘는데도요?"

"너무 두껍고 무겁기만 해"

"과연 용두의 목이 어마어마하게 굵습니다."

"50만 근을 매달고 있어야 하니 굵을 수밖에, 가늘면 종이 떨어질 수가 있어."

"50만 근을 녹이려면 숯이랑 탄이 어마어마하게 들어갔겠습니다."

"말도 말게, 작은 종을 만들 때는 조금씩 녹여서 한두 사람이 들고 부으면 되는데 이렇게 큰 것은 쇠를 녹이는 용광로는 아예 큰 집처럼 지어야 해."

"얼마나 컸습니까?"

"어마어마하지. 하나로는 어림도 없어서 5만 근을 녹일 수 있는 큰 용광로를 열 채나 지었지."

"그럼, 이 황룡사종은 소리는 썩 훌륭하지는 않지만 모양은 온전하니 어쩔 수 없이 그냥 치는 것이군요."

"그렇다고 봐야지. 황룡사가 장엄하다고 종까지 장엄한 줄 알겠지만 어쩔 수 없이 종을 치고 있는 줄 모르고 찬양들을 하겠지."

"이번에 만드는 성덕대왕신종의 크기는 이 황룡사종보다는 적게 하실 겁니까?"

"놋쇠를 12만 근을 모았다고 하니 황룡사종의 50만 근에 비하면 작아야 하지만 … "

"왜요? 크게 하고 싶은 욕심이 생기십니까?"

"욕심이 아니라네. 한 소리를 내기 위해서는 황룡사종 만큼은 커야 하지 아니, 조금 더 커도 돼."

"12만 근으로 이것보다 더 크게 하면 또 깨어지지 않을까요?"

"그동안 실패를 반복하고 작은 종을 만들면서 생각을 많이 했다네. 내 이번에 반드시 한 소리를 만들게야."

"대공장님 이 종은 감은사종, 진여원종과는 많이 다릅니다."

"다르지. 크기부터 비교가 되지 않지."

"왜 크기가 이렇게 다릅니까?"

"감은사종은 처음 종을 만드는 것이니 그 정도 크게 하는 것도 큰 결정이었고, 진여원종은 귀족의 자제들이 있는 곳이니 왕을 위한 감은사종보다는 작아야 했지. 하지만 경덕대왕이 황룡사종과 성덕대왕신종을 만들기로 작정을 한 것은 왕실의 권위를 위한 것이니 그때까지 한 번도 보지 못한 어마어마한 크기로 한 것이지. 경덕대왕의 권위는 신라 역사상 최고의 정점이라고 할 수도 있지. 문무대왕의 일통삼한과 신문대왕에 의한 절대적 왕권의 강화 위에 불교의 후원으로 전륜성왕의 위치까지 갖추지 않은 것이 없었어. 세상의 왕으로서 이보다 더 좋을 수가 없었지. 위대한 왕이셨지."

"그런 조건을 갖춘 대왕은 얼마나 좋으셨을까?"

"뭐가 좋아, 그냥 욕심이 넘칠 따름이지."

"그런데 이 성덕대왕신종도 경덕대왕께서 만들려고 하셨고 이를 지금의 왕께서도 계속 하신다는데 왜 그런가요?"

"사실 성덕대왕께서는 우리 신라에서 가장 이상적인 왕이셨다. 틈만 나면 나이 많은 사람, 홀아비, 과부, 고아, 자식 없는 노인들을 직접 위문하고 물품을 하사하시었고, 매년 억울하게 갇힌 죄수가 있는지를 살피시어 방면해주셨다. 참으로 어진 왕이셨다. 왕이 이렇게 어질게 나라를 다스리고 백성을 위하니 대국 당에서도 마음대로 대하지를 못했어."

"당의 황제는 신라를 마치 하대하듯 하지 않습니까?"

"그것은 큰 대국이니 그렇지."

"성덕대왕 때, 어째서 당의 황제가 신라의 왕실을 함부로 하지 못했나요?"

"대왕이 이전의 관례대로 당에 미인 두 명을 바쳤는데 당의 황제 현종이 이들이 모두 왕의 내종 자매들이라는 것을 알고는 오히려 후한 선물과 함께 돌려보낸 일이 있었다고 했지. 이것은 성덕대왕의 덕치 위엄이 없었으면 어림없는 일이지. 만백성이 한 마음으로 떠받드는 왕이시니 누가 함부로 대할 수 있겠는가?"

"성덕대왕에 대한 백성들의 칭송은 신라 전국방방곡곡 끊이지 않았다지요. 하지만 경덕대왕도 잘 하지 않았습니까."

"그래서 경덕대왕이 아버지 성덕대왕을 위한 종을 만들려고 하신 게야."

"아버지를 흠모하는 것은 당연하지 않습니까."

"그렇기는 하지만 경덕대왕은 욕심을 부렸어."

"네? 무슨 욕심을요?"

"아버지 성덕대왕을 위한 종을 만들면 되었지 왜 자신을 위한 종을 만들어."

"자신을 위한 종을 만들면 안 됩니까?"

"아버지를 위해서는 12만 근의 놋쇠를 모으고, 자신을 위해 만드는 황룡사종에는 50만 근을 모았으니 욕심을 부린 것이 아니고 무엇인가. 내 생각에 아버지 성덕대왕을 위한 종을 시작한 것도 자신을 위해서야."

"아버지 성덕대왕을 위해서이지 왜 자신을 위해서입니까?"

"백성들로부터 칭송을 받는 아버지의 영광이 있어야 자식인 자신이 영광을 받는 것이 아닌가. 그래서 아버지를 위한 종을 만든 것이니 이는 곧 자신을 위한 것이지. 욕심이 과하셨던 것이야."

"대공장님도 정말 위험한 말씀을 많이 하십니다."

"말은 않지만 다들 알고 있어."

"그래도 지금의 왕께서 경덕대왕의 아드님이신대요."

"대왕은 하늘의 이치까지 바꾸려는 과한 욕심을 부려서 오히려 신라가 기울어지게 하셨어. 그래서인지는 몰라도 경덕대왕 때 하늘의 괴변이 가장 많이 있었어."

"아니, 9한이 신라를 두려워하고 함부로 하지 못하는데 신라가 기울어지다니요. 큰일 날 소리를 하십니다."

"지금 이 신라를 좌지우지 하는 것이 누구인가? 어린 왕의 모후야. 게다가 왕의 천성이 남자답지 않아서 왕으로서의 위엄이 부족하여 앞으로 왕실이 아주 복잡하게 될 것이야."

"아니, 대공장님은 그런 것을 어떻게 아셔요."

"우리가 신분이 낮아서 그렇지, 눈이 없나 귀가 없나? 볼 것은 다 보고 들을 것도 다 들어."

"왕이 남자답지 못하다는 말은 익히 들었는데 무슨 말입니까? 여자 흉내를 낸답니까?"

"그래."

"예? 설마해서 물어봤지만 … "

"이것도 경덕대왕이 너무 자신만만해서 하늘의 이치까지 바꾸어서 그래."

"왕도 사람인데 어떻게 하늘의 이치를 바꿉니까?"

"경덕대왕은 늦게까지 아들이 없었어. 그래서 꼭 아들을 두어 자기의 모든 영광을 고스란히 아들에게 물려주고 싶었던 것이야."

"그야 당연한 것 아닙니까. 아들이 제일 아닙니까?"

"그래서 하루는 경덕대왕이 표훈대사를 청하여 아들을 낳게 해달라고 부탁을 한 것이야."

"표훈대사의 법력이 대단했다는 것은 들었지만 … "

"그래서 표훈대사께서 하늘세계에 갔어."

"산 사람이 어떻게 하늘세계에 갑니까? 용과 봉황을 부릴 줄 아시나 보네요?"

"그런 것이 아니고 기도를 통해 하늘세계와 닿았다는 것이지."

"그래서요?"

"하늘세계에 가서 상제에게 경덕대왕이 아들을 점지해주기를 원한다고 했더니 상제께서 경덕대왕 명운에는 딸만이 있다고 하고 만약 아들을 갖게 되면 나라에 흉이 될 것이라고 했단다. 표훈대사께서 이를 경덕왕에 고하니 왕은 그래도 아들을 갖기를 원해서 하는 수 없이 표훈대사가 다시 하늘에 부탁을 해서 난 이가 지금의 왕인데…"

"그럼 원래는 딸로 점지된 사람이 표훈대사의 기도로서 아들이 된 것이네요"

"그렇다네. 그래서인지 지금의 왕은 하는 짓이 항상 여자와 같았어. 그래서 지금도 모후가 일을 도맡아 하고 있는데 앞으로 나라가 많이 시끄러워질 것이야."

"나라가 시끄러워지면 우리는 어떡합니까?"

"왕실에서 치고받는 싸움이 많겠지. 우리는 종만 열심히 만들면 돼. 특히나 백성을 아끼셨던 성덕대왕의 신종이니 잘 만들어야 해."

"여부가 있습니까."

"경덕대왕이 자신을 위해 만든 황룡사종은 먼 훗날 녹여지거나 잃어버려서 어디에 처박혀 있는지도 모를 수 있겠지만 우리 성덕대왕의 신종은 천년만년 칭송을 받게 해야 해."

"종을 계속 살펴보지요. 종에 들어간 문양들도 감은사종과 진여원 종하고는 많이 다릅니다."

"종 머리가 만파식적에서 나오는 한 마리 용이 있는 것과 사방에 연뢰대가 있고 상대와 하대, 하늘을 나는 천인상, 종을 치는 곳에 연꽃을 배치한다는 공통점은 있지만 세부 문양은 조금씩 다르지."

"왜 다릅니까?'

"상대와 하대, 연뢰대 문양에서 천인상이 빠지고 보상화문으로 바뀐 것은 경덕대왕께서 불교를 많이 생각하시는 이유이지. 그래서 아래에 있는 큰 천인상도 악기를 연주하는 것이 아니라 부처님에게 공양을 올리는 공양자상으로 바뀌었어."

"진여원종까지는 연뢰대에 연봉오리가 맺혔었는데 황룡사종에서는 연꽃이 활짝 피었습니다."

"그렇지. 경덕대왕께서 욕심은 있으셨으나 부처님법과 신라의 자부심이 될 만한 여러 가지 큰일과 많은 불사를 이루셨으니 봉오리가 이제 활짝 핀 것이지. 시절변화의 섭리이지."

"꽃봉오리가 활짝 피듯이 신라의 문화가 활짝 핀 것이군요."

"그렇다고 봐야지."

"성덕대왕신종에도 연꽃이 활짝 피어야겠네요."

"그래야. 다시 봉우리로 돌아갈 수야 없지 않은가."

"이제 공방에 돌아가면 성덕대왕신종을 본격적으로 만들어야겠습니다."

"아직은 만교가 종에 대해 아는 것이 부족하니 틈틈이 종에 대해서 조금씩 알려줘야 되고."

5. 성덕대왕신종 − 천지율려의 '한 소리'

   보름 정도로 감은사, 진여원, 황룡사를 다녀온 금정과 만교가 공방으로 가니 박빈내 차박사가 이들을 맞으며 출타가 유익했는지 묻는다.

   "만교는 금정에게 많이 배웠나?"

   "덕분에 종에 대해서 많이 알게 되었습니다."

   "왕실에서 성덕대왕신종을 만든다는 결정이 내부적으로 정해졌고 언제 종을 주조하라는 명이 떨어질지 모르니 이제 준비를 해야지. 종의 크기와 형상에 대한 지침도 이미 정해졌네. 종이라는 것이 만들고 싶다고 뜻대로 되지 않는다는 것은 익히 아는 바이니 미리미리 준비를 해야지. 금정이, 종의 문양을 새기고 종두를 만드는데 얼마나 걸리겠는가. 만교가 훈련이 잘되었으니 조금은 수월하겠네?"

"그 보다 중자는 잘 구워졌습니까?"

"그럼, 신경을 많이 써서 구워서 잘된 것 같네."

"대나마 어른께서 종을 얼마나 크게 하신답니까?"

"지난번 사고 후 자네가 대나마님께 종을 좀 길쭉하게 하자고 건의를 해서 대나마님과 박한미 나마, 박부악 대사, 나 네 사람이 모여서 의논한 결과 종두를 합쳐서 12자 정도가 되게 중자를 구워 놓았네. 12만 근이면 그 정도 크기는 만들 수 있다고 보았네. 함께 가 보세."

성덕대왕신종이 만들어지면 걸리는 곳은 효성대왕이 성덕대왕을 위하여 지은 원찰인 봉덕사奉德寺이다. 그래서 성덕대왕신종을 만드는 주종의 터도 북천 건너에 있는 봉덕사 근처 언덕비탈에 있다. 종은 무게가 엄청나기 때문에 성덕대왕신종을 거는 봉덕사 근처에 종을 만드는 시설들을 마련한 것이다. 규모가 보통이 아니다. 신종의 주종을 마치면 헐어 버릴 수 있지만, 잘 갖추어지지는 않아도 널찍하고 지붕이 높은 튼튼한 큰 집을 지어야 한다. 이렇게 크고 튼튼한 집이 필요한 이유는 종을 만드는 시간이 오래 걸리는데 그 동안 비바람이 들이치지 않아야 하기 때문이다. 이 주종 터를 마련한 지도 벌써 30년이 다 되었다.

금정이 차박사와 함께 작업장 건물 안으로 들어갔다. 건물 안에 언덕의 기울기를 이용해 낮은 곳으로 한 쪽을 틔워놓고 판 큰 구덩이가 먼저 눈에 들어온다. 사방 넓이가 30자가 넘어 보이고 깊이도 15자는 족히 되어 보인다. 그 밑으로 통하는 사다리가 양쪽 두 곳으로 걸쳐있고 그 사다리로 사람들이 오르내리고 있다. 구덩이 중간에는 한 변이 20자나 되는 3자 정도 높이의 기단이 있다. 기단 중간에는 큰 아궁이가 설치되어 있고 아궁이 위에는 어마어마한 크기의 단지 모양을 하고 있는 종의 안쪽 모양을 결정하는 불에 구운 중자가 놓여있다. 중자 바닥 둘레에는 8개의 뾰족하게 들어간 홈이 일정하게 돌아가며 파여져 있다. 중자 위에는 밀납으로 종 바깥의 형태를 만들 곡자틀이 여러 개의 기둥을 묶어서 만든 고정틀에 중심이 잡힌 채 빙빙 돌아갈 수 있게 설치되어 있다. 곡자틀이 돌아가는 옆으로는 종이 너무 높아서 사람의 손이 닿지 않는 부분이 있으므로 나무 기둥을 묶어서 삼단으로 쌓은 가설물이 중자 주위에 설치되어 있다.

구덩이 한 쪽 위로는 비스듬하게 언덕의 경사가 올라가는데, 흙 구덩이 바로 위에는 큰 아궁이를 가진 전돌을 구워 만들어 쌓은 사방 8자에 높이 6자는 됨직한 튼튼해 보이는 큰 뒤주 같은 흙으로 된 상자가 있는데 그 안에는 쇳물을 모으는 거대한 용탕熔湯그릇이 들어있다. 흙상자 뒤에는 상자의 맨 윗부분보다도 높아진 터에 경사를 올라가면서 다시 쇠를 녹이는 높이가 10자가 넘는 용광로들이 거인들처럼 늘어서 있다. 그런데 이것들은 지난번 주조에서 사용한 후 오랫동안 방치되어 곳곳이 무너져서 다시 만들어야 한다. 그리고 그 옆에는 깨어진 놋쇠 덩어리와 그릇, 숟가락 등 놋쇠로 만든 물건들이 수북이 쌓여있고, 시커먼 탄과 숯이 든 가마니들도 산더미처럼 쌓여있다.

금정이 사다리를 타고 구덩이에 내려가 곡자틀을 돌려보았다. 거대한 곡자틀이 끼이 끼이 소리를 내면서 중자 주변을 일정하게 돌았다.

"곡자틀은 잘 설치가 된 것 같습니다."

"어떤가. 지난번 곡자틀보다 조금 높지? 황룡사종보다 1자 이상이나 높게 나올 것이네."

"종의 배가 튀어나온 정도를 진여원종처럼 하면 나중에 거푸집을 빼서 점검을 하기가 어려우니 종구를 조금 더 넓게 해야 합니다."

"그런 의견들이 있어서 그리 조정을 하였네."

"종의 두께는 어느 정도로 맞추어 놓았습니까?"

"사실, 그것이 가장 중요한 점이 아니겠나. 밑에는 1자에 조금 못 미치고 어깨는 4치 정도, 황룡사종에 비하면 아주 얇은데 잘되겠나?"

"그 정도면 괜찮을 것 같습니다. 종 어깨가 너무 두꺼우면 소리가 잘 나지 않습니다. 황룡사종은 너무 두꺼워서 소리가 시원찮습니다."

"중자를 보게 참 잘 구워졌지?"

"네, 손톱으로 긁어보아도 잘 긁히지 않을 정도로 단단하게 구워졌으니 충분한 것 같습니다."

"대공장님 중자는 왜 만듭니까?" 옆에서 듣고 있던 만교가 묻는다.

"중자가 있어야 종 안쪽의 규격을 정하지."

"어떻게 구워 만듭니까?"

"우선 바닥에 불을 땔 수 있는 아궁이를 마련하고 그 위에 중자의 모양을 딴 곡자틀을 돌리면서 전돌을 쌓아가지. 전돌을 쌓아서 그릇을 만든다고 보면 돼. 전돌을 쌓아 종 안쪽을 만든 후 황토, 백토, 모래와 다른 것들을 적당한 양으로 섞어서 만든 반죽을 바르고는 곡자틀을 돌리면서 모양을 만들어. 그리고 제일 위에는 자그마한 구멍을 남겨 놓고는 막아야 하네."

"구멍은 왜 남겨 놓습니까?"

"중자를 쌓은 후 중간 빈 공간에 숯과 탄을 넣어서 이것을 단단히 구워야 하는데 그러려면 연기가 빠져나갈 구멍이 있어야 불이 잘 타지 않겠나."

"아! 그래서 그렇구나."

"흙반죽을 바른 중자를 완전히 말리고, 중자 안에 숯과 탄을 넣고 불을 붙이고 그리고 중자 바깥에도 그릇을 굽는 가마를 만들어서 불을 지피면 중자는 단단하게 굽히게 돼."

"전돌 위에 바른 흙반죽이 마르고 굽히면서 금이 가거나 깨지기도 할 것인데요?"

"그럼, 그런 곳에는 흙반죽을 채워 넣고는 다시 구워야지. 지금 이 중자는 그렇게 만들어진 것이야."

"만교는 만드는 재주는 좋은데 아직 쇳물 다루는 것은 맹탕인가 봐." 나마 어른이 웃었다.

"금방 배울 겁니다. 말귀를 잘 알아듣습니다."

"그래야지."

"나마님, 밀납도 이제 충분히 준비가 되었으니 마음을 가다듬은 후 바로 일을 시작하겠습니다."

"그러게, 마음을 가다듬고 입정入定을 하여 종이 꼭 성공하도록 원願을 세우시게."

4월, 왕이 서원경에서 돌아왔다. 순행에서 보았던 관리들의 공적과 지시한 조치들을 이루라고 명했다.

예부에서 박종일 대나마를 불러 주종에 대한 말들이 오가고 있으니 준비를 지시한다. 대나마는 차박사들에게 각 공장들이 각각의 일을 원활하게 할 수 있도록 만전을 기하라고 명한다.

"대공장님, 저는 아직 종이 어떻게 시작되었는지 모르지 않습니까. 종을 시작하기 전에 알려주신다고 하셨는데요?" 만교는 금정에게 종이 처음 어떻게 만들어지게 되었는지 알려달라고 채근을 한다.

"알았어. 너부터 가르쳐야지. 공방으로 가자."

금정은 공방의 탁자 위에 손잡이가 달린 종 비슷하게 생긴 것을 꺼내 놓는다.

"이것이 무엇입니까?"

"이전에 말했던 편종이란 것이다."

"생긴 것이 종과 다르면서도 비슷합니다."

"모양으로 우리 신라종의 원형이라고 볼 수도 있다."

"이것은 딱 한 개뿐입니까?"

"아니다. 나무로 만든 큰 틀에 여러 개를 걸어놓고 치는 것이다."

금정이 편종이 걸린 모습을 대강 그려가면서 만교에게 설명을 해준다.

"대개 몇 개 정도를 걸어놓고 치는 것입니까?"

"지난번 연뢰를 이야기 하면서 36괘와 64괘에 대해서 말했는데 이러한 괘에 따라 숫자가 정해지는데 가장 많은 것은 65개이다. 숫자가 적은 것은 세 개나 다섯 개로도 가능하지."

"왜 64개가 아니고 65개 입니까?"

"이렇게 입구가 휘어지고 몸체가 납작하게 생긴 것을 편종이라고 하여 64개를 걸고 거기에다 입구가 반듯하고 몸체가 원통으로 생긴 박종鎛鐘이라는 것을 하나 더 걸어서 65개라고 한다. 실제 편종의 악기틀에는 가장 윗부분에 크기가 작고 상단 손잡이가 없는 뉴종鈕鐘이 있고 그 다음 줄부터 손잡이가 있는 편종이 걸리고 아래 하단에는 보다 큰 편종들 사이에 박종이 하나 걸린다. 전체가 3층 8조로 이루어진다. 더 세분되어 나누어지는데 번잡해."

"편종과 박종은 어떤 차이가 있습니까?"

"편종의 개수 64개는 64괘를 따르고 64괘는 주로 감정과 정신적인 특징을 나타낸다고 해서 편종의 울림은 사람들의 감정과 정신에 영향을 준다고 보면 되지. 하지만 여러 음을 치면서 연주를 하는 과정에서 종의 울림이 너무 길면 연주의 시간을 조절할 수가 없어서 이렇게 몸체가 납작하고 입구를 휘어지게 하면 소리의 길이가 짧아져서 다른 악기들과의 연주시간도 맞출 수가 있다. 그래서 만드는 방법도 음색을 일정하게 맞추어야 하기 때문에 소리별로 편종의 일정한 규격의 틀이 필요하지. 이것은 오로지 하나를 만드는 종과는 많이 차이가 나는 것이다."

"그럼 박종은요?"

"박종은 치면 소리가 크고 오래가기 때문에 연주 사이에 음의 전환이 있거나 긴 여운이 필요할 때 치는 것으로 보면 된다. 하지만 여러 악기를 연주하다 보면 음의 길고 짧음을 이용하여 꼭 한 가지 법칙에 맞추지 않고 그때그때 다양하게 연주를 할 수가 있지."

"그럼 이것이 최초의 종입니까?"

"아니, 아주 옛날 쇠로 종을 만들기 전에는 흙을 구워서 만들었는데 그것을 도종陶鐘이라고 해. 단단히 구운 흙그릇을 수저로 치면 맑은 소리가 나는 것과 같은 이치야."

"흙으로 종을 만들었다고요? 그럼 잘 깨어질 것인데."

"그래도 소리가 맑으니 굿을 하거나 제사를 지낼 때 필요했겠지."

"그럼, 흙으로 만든 종도 중국사람들이 가장 먼저 만든 것입니까?"

"그야 알 수가 있나. 흙으로 만든 종이 나오는 곳이 붉은 산이 많은 곳으로 삼한과 가까운 지역인데 그곳은 아주 먼 옛날 삼한족들이 살았던 곳이기도 해서 … "

"굿을 할 때 필요한 도종을 만들었다면 우리 삼한족들이 먼저 종을 사용했을 수도 있겠네요?"

"그럴 수도 있으나 쇠로 만든 종은 중국사람들이 먼저인 것은 분명해 보여. 쇠종을 가장 먼저 만든 사람이 고鼓와 연延이라는 중국 사람이라고 말하기도 해."

"쇠로 만든 종들 중에 이 편종보다 앞선 것은 없습니까?"

"있지. 편종보다 앞선 것을 용종甬鐘이라고 해. 편종과 모양이 유사

하지. 편종의 위쪽에 튀어나온 것은 용甬이라 하여 원래 손잡이이고, 밑에 돌기가 36개 튀어나온 부분을 정鉦, 그 밑에 치는 부분을 고鼓라고 한다.”

“손으로 잡는 종이라면 집종執鍾이라고 해도 되겠습니다.”

“그래도 되겠지. 손잡이로 잡고 치는 것이니.”

“그런데 손잡이와 몸체 사이에 짐승의 얼굴이 있고 고리가 있는데 우리 신라의 종과 비슷합니다.”

“맞아, 종두에 만파식적과 문무대왕의 혼령인 용을 만들었다고 했지만 원래 종의 형태는 여기에서 출발했다고 할 수 있다. 하지만 우리 신라의 종은 편종처럼 연주를 위한 악기가 아니고 큰 울림으로 세상에 그 위엄을 나타내기 때문에 오직 한 소리가 필요한 것이지.”

“대공장님 그런데 박종과 비슷한 모양을 어디에서 많이 보았습니다.”

“지붕 처마 끝에 매달린 풍탁을 말하는 것이구나. 옛 백제 터에 있는 미륵사, 우리 서라벌의 황룡사의 전각들의 처마에 걸려서 바람이 불 때마다 소리 나는 이 풍탁들도 이 종과 같은 내력을 가지고 있지.”

“이 편종을 한 번 쳐 볼 수 있을까요?”

“그러려무나.”

“그런데 소리가 쾡쾡거리는 것이 별로입니다.”

“쾡쾡거리는 소리는 화족들의 소리이지. 나도 썩 마음에 들지가 않아. 우리 삼한의 소리는 화족들의 소리에 비해 맑고 곱지. 우리 삼한사람들의 심성이 맑고 고와서인지 … ”

“우리 삼한사람들의 성정은 화족들과는 다른 것 같습니다.”

"그렇지, 그들이 삶의 터전으로 삼고 있는 자연이 우리 신라와는 많이 다르니 똑같은 것이 오히려 이상하지. 하지만 소리를 잘 조율하면 그들의 악기도 우리 삼한 사람들의 심성과 조화롭게 할 수도 있을 것이야."

"그런데 편종을 고리에 거니 삐딱하게 됩니다."

"그래. 편종은 악사가 선채로 자기 키 만큼 긴 막대기로 종들을 치기 때문에 고라고 하는 면이 하늘로 비스듬하게 보이면 치기가 쉽지."

"긴 막대기로 치는 것도 종과 비슷합니다."

"박종도 삐딱하게 걸립니까?"

"아닐세, 박종은 반듯하게 걸리네. 신라종은 겉모양의 구성은 편종을 닮았는데, 소리는 박종을 닮았지. 하지만 어느 것과도 똑같지는 않다. 편종은 빠른 동작으로 쳐야하기도 하지만 박종은 한 번만 뎅 ~ 하고 치는 경우가 많아서 굳이 비스듬히 하늘로 향할 필요가 없겠지."

"또 어떤 차이가 있습니까?"

"편종에는 짐승의 머리가 하나만 있는데 박종에는 용이나 호랑이, 봉황을 두 마리씩 만들어서 종의 고리로 쓰지. 그리고 편종에 들어가는 짐승의 머리는 대개 머리만 붙이는데 박종에 들어가는 짐승은 몸 전체를 만들어서 화려하게 꾸미기도 하지. 그래서 중국 사람들의 종두는 용이 두 마리가 만들어지고, 머리만 만들어지는 것이 아니고 어떻게든 몸 전체를 넣으려고 해. 언젠가 우리 삼한에도 두 마리 용

고리가 만들어질 날이 올 것이네."

"왜 삼한이라고 하십니까?"

"우리 신라가 언제까지 이어지겠나. 벌써 800년이나 지났으니 언젠가는 왕조가 바뀌기도 하지 않겠나."

"큰일 날 말입니다요."

"그냥 그렇다는 것이지. 세상에 변하지 않는 것이 어디 있는가? 중국을 보게, 얼마나 많은 왕조가 흥망성쇠를 거듭했는가? 우리 신라라고 그러지 말란 법이 있는가?"

"그래도 그런 말은 크게 경을 칠 수가 있으니 조심해야지요."

"알았어. 만파식적과 하나의 용두로 이루어진 종두의 모양도 바뀌어질 것이라는 말이지. 내 생각에, 종고리가 한 마리 용에서 두 마리로 바뀌면 그때는 아마 나라가 이민족에게 지배를 당하는 처지일 것일세."

"왜 그런 말씀을 하십니까?"

"종의 머리는 나라의 머리야, 나라의 머리가 바뀌는 일이라면 실제 나라의 머리가 바뀌는 일이 나타나게 되겠지."

"그럼, 종의 모양이 바뀌는 것은 나라의 운과 연관이 있는 것이네요."

"반드시 그렇다고 장담은 못하지만 종두가 바뀌는 시절은 나라에 큰 변화가 있는 시절이라고 볼 수 있다는 것이야. 종두가 두 마리 용으로 바뀌면 나라의 운이 중국에 빼앗기는 형국이 이르렀다고 볼 수 있고, 한 마리가 유지되면 삼한족의 국운이 유지된다고 보아야지."

"용이 아닌 다른 것으로 바뀔 수는 없을까요?"

"어떻게?"

"세 발 달린 새, 거북이, 호랑이 … "

"종두가 아무것도 아닌 것 같지만 나라의 존엄이 올라가는 자리야. 그것의 결정은 어느 한 사람에 의해 이루어지는 것이 아니고 결국 시절인연이 닿아야 바뀌어 질 것이다."

"그러면 저는 봉황이 올라가면 좋겠습니다."

"왜 봉황인가?"

"한 번 날개 짓에 구만 리 장천을 날 수 있으니, 우리 삼한족의 나라도 세상을 그렇게 날 수 있으면 얼마나 좋겠습니까? 봉황은 또 보기에도 얼마나 화려합니까?"

"맞아! 봉황은 화려하기도 하지만 새 중에서 용을 대적할 수 있는 새이지. 불교에서 가루다라는 새는 용을 잡아먹고 산다고 해. 언제쯤 용을 이기는 봉황의 종고리가 나타날 수 있을까?"

"우리 같은 천민들이 귀족들을 마음대로 나무랄 수 있는 시대가 오면 가능하겠지요."

"응? 너도 입조심해야 되겠다. 하하하."

"오늘은 제가 대공장님께 술을 한잔 대접하고 싶습니다."

"자네가? 왜, 무슨 일이라도 있는가? 생일인가?"

"아닙니다. 날씨가 쌀쌀하니 몸을 따뜻하게 하는 것도 좋을 것 같다는 생각이 들어서요."

"자네가 어디서 술을 구했는가?"

"아, 군관댁 하녀가 가끔 몰래 술을 조금씩 가지고 옵니다. 혼자서 조금 마실 때도 있지만 오늘은 대공장님께 드리고 싶어서요.”

“군관나리가 드시는 것이라면 입에 착 달라붙겠구먼.”

“향기가 진하고 맛이 아주 짜릿합니다.”

“와! 그거 정말로 좋은 술인데.”

“대공장님, 성덕대왕신종도 지금까지 세 번이나 실패했다는데 왜 그렇게 많이 실패를 하셨나요.”

“왜 새삼스레 지난 일을 묻느냐?”

“이번이 네 번째 아닙니까. 또 실패하면 큰일이 아닙니까?”

“옳아, 실패하면 만교를 잡아 가둘까봐 그러는가?”

“아닙니다. 너무 오랫동안 성공을 하지 못했으니 이번에는 성공을 해야 되지 않을까 해서 말씀을 드리는 것입니다.”

“종은 불상을 만드는 것과는 차이가 많아. 조금만 방심을 해도 실패를 해.”

“방심을 않는다, 말은 쉽지만 마음대로 할 수 있는 것이 아니더라고요. 그리고 한 번 실패한 방심은 이상하게 계속 실패를 하더라고요.”

“정신줄을 바짝 잡아야지. 이제는 마무리를 지어야지.”

“황룡사종은 한 번에 성공을 하셨지 않았습니까.”

“사실, 황룡사종은 너무 두껍게 했으니 엄청난 쇳물의 흐름을 방해할 수 있는 것이 없었으니 모양은 잘 나왔지. 하지만 종소리는 썩 훌륭한 편이 아니야. 그래서 성덕대왕신종은 얇게 했더니 쇳물이 돌다 말은 곳도 있고, 당목으로 치니 그만 깨져버렸어. 그래서 다시 황룡사종처럼 두껍게 했더니 이번에는 아예 소리가 나지 않는 것이야. 다시 부었을 때는 쇳물에 거푸집의 흙이 잔뜩 엉겨 붙어서 소리가 나지 않았어.”

“그리고 사고도 있었다고 들었습니다.”

“세 번째의 일이야. 쇳물을 모으는 용탕그릇이 터져서 이를 수습하던 공장 한 명이 쇳물에 맞아서 크게 다치고 말았어.”

“흐르는 쇳물을 피하면 되지 않습니까?”

“쇳물은 마른 땅에서는 얌전히 흐르지만 만에 하나 물기와 만나면 폭발을 하네. 폭발이 엄청나.”

“왜 쇳물이 물기를 만났습니까?”

“혹시라도 거푸집을 비집고 나오는 쇳물이 있으면 물을 부어서 새어나오지 못하게 하기 위해 물을 준비하기도 해. 용탕그릇이 깨어지니 허둥대다가 물을 엎질러버렸어.”

“세 번째도 실패하고 게다가 사람도 한 명이 크게 다쳤는데 아무 일 없었습니까?”

“무슨 말인가?”

“그냥 들은 말이 있어서 … ”

“모든 일에 대한 책임을 내가 져야하지 않겠나. 대나마님이나 대사님들이 책임을 지게 되면 일이 커져.”

“일에 대한 총책임자가 책임을 지는 것이 당연한 것인데 왜 일개 하전이 책임을 지는 것입니까?”

“대나마께서 책임을 지게 되면 일을 추진하는 모든 당사자들이 다른 나마나 대사들에게 옮겨가게 되는데 그러면 그 많은 식구들이 어려움을 겪게 돼. 그래서 우리 같은 하전 한 명이 책임을 지고 감옥에 가면 일을 수습하기가 한결 수월하지.”

“옥살이는 얼마나 오래 하셨나요?”

“내가 감옥에 들어가고 나리들이 여러모로 형부에 청을 해서 반년이 채 못 되어서 다시 나왔어.”

“어쨌든 대공장님은 억울하게 옥살이를 하신 것이네요?”

“그렇지가 않아. 누군가는 책임을 져야하는 일인데. 그런데 도둑질을 하거나 일부러 사람을 해친 것이 아니기 때문에 형률刑律을 다루는 이방부理方府의 감옥 관원들도 사정을 봐주지.”

“어떻게요?”

“나리들이 부탁하기 때문에 흉악한 죄를 지은 사람들과는 다르게 취급되지. 그래서 그곳에서도 밀납을 가지고 가서 여러 모양을 만들기도 하고, 스님들에게 배운 명상도 하고 불경을 공부하기도 했어.”

“아무리 공부할 수 있어도 집보다야 낫겠습니까?”

“그곳 생활이 불편하기는 해도 사람이 사는 것을 생각하는데 도움이 되기도 했어.”

“참 하늘도 불공정합니다.” 만교는 금정이 책임자들을 대신해서 감옥에 간 것이 너무 잘못된 처사라며 계속 툴툴거린다.

“그렇지 않아. 아마 내가 모르는 어느 전생에 저지른 나의 과오가 숙성이 되어 지금에야 발현을 한다면 어쩔 수 없는 것이야. 수억겁 년의 윤회의 과정에서 어찌 흠이 없었겠나. 이러한 형벌 정도는 당연한 것이 아닌지 모르겠다.”

“과오가 숙성이 되다니요?”

"누구나 잘못을 할 수 있지. 얼떨결에 하는 과오는 부처님이 벌을 주시지 않지만 잘못인 줄 알면서도 계속하면 부처님이 벌을 주신다는 것이야."

"잘못이 술이라도 되나요? 숙성이 되게."

"잘못이 쌓여서 썩기 시작하면 독성이 나온다는 것이라네."

"하기야 처음 짓는 죄는 가볍지만 두 번 세 번 지으면 엄하게 벌을 준다고 하더라고요."

"그때, 나는 감옥에서 나와 바로 황룡사로 갔어. 거대한 장육존상 부처님 앞에 나아갔어. 나의 지난 업장 중 하나가 이제 발현을 하여 업보를 치루었음을 고하고 앉아있는데 그만 졸아서 비몽사몽이 되었다. 그때 갑자기 몸이 뜨거워져서 눈을 떠보니 금당 안이 온통 불길이더라. 주위에 사람은 아무도 없었어. 실내에 가득했던 온갖 보살상과 신중상들이 불에 타고 있었다. 내가 어찌할 바를 모르고 있는데 이번에는 장육삼존부처님의 대좌가 불에 타 기울어져 쓰러지고, 뜨거운 불길에 달구어진 법신은 넘어지는 충격으로 박살이 나 버렸어. 효소왕 때 벼락에 맞았고 성덕왕 때도 지진으로 비가 샐 정도의 피해가 생겼지만 불보살 상에는 아무런 문제가 없었는데. 나는 손발을 움직여 보았으나 꼼짝도 하지 않아 아무런 대처를 못하고 답답해하다가 갑자기 서늘한 바람이 금당 안으로 불어와 잠에서 깨어났어. 원래 불 꿈은 좋은 것이라지만, 부처님이 깨어지는 것이니 필시 불길한 일이 있지나 않을까 가슴이 졸여지더구만."

"참 요상한 꿈을 꾸셨네요. 황룡사가 아무리 위대해도 한낱 나무로 지어진 탑이니 잠깐 졸다 촛불이 옮겨 붙어도, 정신 나간 사람이 불씨를 던지고 기름만 조금 뿌려도 다 타버리겠지요."

"그리고 감옥에서 나오기 전날에도 나는 참으로 기이한 꿈을 꾸었다. 산으로 갔었는데. 큰 나무가 있고 돌이 있었다. 그런데 사람들이 나무에, 돌에 박혀서 괴로운 표정을 하고 있었어. 누구냐고 물으니 자기가 업장이 많아서 이렇게 업장의 돌에 갇힌 것이라고 했어. 산을 넘어가니 전혀 다른 풍경이 보였어. 강기슭 산언덕에서 등불은 아닌데 등불 같이 빛나는 것이 있었어. 처음에는 반딧불처럼 반짝이던 그 등불은 점점 밝아지더니 이내 온 세상이 눈을 뜰 수 없도록 밝아졌어. 산언덕에 걸려있었던 것이 무엇일까?"

"업보를 넘어서니 무슨 좋은 일이 있으려나 보지요."

5월. 혜성이 오거성좌 북쪽에 나타났다. 29일에는 호랑이가 집사성에 들어왔으므로 잡아 죽였다.

수릿제 다음날, 박종일 대나마는 도감의 박사들을 포함 모든 공장들을 봉덕사 앞 종을 만드는 곳으로 불러 모았다. 주종 터에는 여러 관원들과 도감의 관리들이 와 있고, 몇 분의 스님들도 와 있었다. 주종공장 십여 명도 손을 다소곳이 모으고 도열해 있고 구덩이 앞에는 간단한 상차림이 있다.

"이제 네 번째 성덕대왕신종을 만들라는 모후의 명이 있었다. 머지않아 왕명으로 주종의 명이 내릴 것이다. 다들 잘 알겠지만 이상하리만치 성덕대왕신종 주종은 실패를 거듭해왔다. 천하제일인 우리 도감의 공장들이 불충한 것이 아닌데도 자꾸 일이 실패하는 것을 어떻게 설명해야 될지 모르겠다. 지금까지의 실패에 대해서는 왕실에서 너그럽게 용서를 해주었지만 이번에도 실패를 하면 왕실에 참으로 면목이 없어지니 마음을 단단히 먹고 일에 임해 주기를 바란다. 지금도 다들 잘 준비하고 있지만 이번 주종에서 우리가 할 수 있는 모든 것을 다해야 한다. 실패한다면 쇳물에 뛰어들 각오로 임해 주기 바란다." 대나마의 당부에 비장감이 느껴진다.

"금정이, 실력을 믿지 못하는 것은 아니나 특히 종이 위대해 보이도록 형상을 만드는데 심혈을 기울여주기 바란다."

"알겠습니다. 신명을 바치겠습니다."

"대공장님, 벌써 봄날이 다 가고 날씨가 뜨겁습니다."

"그러게, 종을 답사하고 바로 시작하려고 했는데 한 달 이상이나 늦추어졌네. 아직 왕실에서 정식으로 명이 떨어진 것이 아니니 너무 마음을 졸일 필요는 없어. 조금 더 여유를 갖고 연습을 하자구."

"제가 아직 많이 부족하지요?"

"완성된 사람이 어디에 있는가? 만교는 이제 언제라도 시작할 수 있어."

"종을 만들기 시작하면 어느 정도 시간이 걸릴 것 같습니까?"

"여러 사람이 이곳저곳에 붙어서 함께 하면 서너 달이면 끝날 수 있지만 형태감의 통일성을 위해서 이번에는 나하고 만교 둘이서만 매달려 만들 생각이네."

"어떤 부분은 진여원종처럼 조금 만들어서 전돌처럼 찍어내면 빨리 되지 않겠습니까?"

"하나하나 직접 만들려고 한다네."

"연뢰대의 연꽃, 상대와 하대의 보상화문을 전부 일일이 만든다는 것입니까?"

"왜? 너무 힘들 것 같나?"

"그런 것은 아니지만, 쓸데없는 시간을 들이는 것이 아닌지요?"

"아니라네. 이번에 한 소리를 만들지 못하면 내 일생에 다시는 만들지 못할 것 같아. 그래서 편리함을 추구하지 않고 있는 정성을 다할 것이네."

"열두 자가 넘는데. 어휴! 정말 시간이 많이 걸리겠습니다."

6월, 날씨가 무척 덥고 오랫동안 비가 오지 않아서 왕경 사람들 모두 이용하는 굴연강에서 역한 냄새가 난다. 12일에야 5월부터 한 달이나 보이던 혜성이 사라졌다.

금정은 모양을 만들기 위해 본인이 특별히 제조한 밀납이 다루기에 적합할 정도로 무르게 된 것을 확인하고, 대나무를 깍아 만든 칼, 쇠로 만든 작은 칼과 큰 칼들 그리고 손에 익숙한 다른 연장들을 챙겨서 작업장으로 갔다.

종의 모양을 결정짓는 곡자틀을 빙빙 돌려보았다. 곡자틀이 제대로 설치되었음을 확인하고는 붓에 옻을 듬뿍 묻혀서 구워진 중자 표면에 바르기 시작했다. 오랜만에 하는 붓놀림이 가벼워서 기분이 상쾌하다.

"옻은 왜 바르십니까?" 옆에서 일을 거들던 만교가 물었다.

"옻이라는 것이 참으로 오묘한 것이야. 약으로도 쓰이고, 옷장을 만드는 데도 쓰이지만 이것이 열에도 강하여 종을 만드는 데도 쓰이지."

"옻이 오르면 많이 가렵지 않습니까?"

"자주 만져서 이제는 습관이 되어 괜찮아."

"중자에 옻을 바르면 좋은 점이 무엇입니까?"

"옻칠을 한 후에 밀납을 붙여서 종 몸체의 모양을 만들면 나중에 중자 속에 불을 지펴서 밀납을 녹여낼 때 녹은 밀납이 중자에 스며들지 못하지. 만에 하나 밀납이 중자의 흙에 스며들면 웬만큼 열을 주어도 밀납이 다 빠지지 않고 그곳에 쇳물이 닿으면 끓어서 엉망이 되고 말아. 그래서 중자 표면에 바르고 나중에 밀납으로 종의 모양을 완성하고 나서도 겉 표면에 옻을 발라서 밀납이 거푸집 흙에 스며드는 것을 막아야 해."

"혹시라도 열을 마구 올리면 옻이 타서 재가 되어버려 밀납이 흙으로 스며들지 않습니까?"

"그러니 밀납을 녹여낼 때 불을 조심해서 다루어야지. 하지만 옻이란 것이 열에 강하니 웬만해서는 불에 타지 않아."

"옻을 바르고 얼마나 기다려야 다 마릅니까?"

"우리가 빨래를 말리려면 햇볕이 쨍쨍한 날 잘 마르지 않은가."

"그야 그렇지요."

"그런데 재미있는 것이, 옻은 날씨가 맑으면 아무리 기다려도 마르지가 않아."

"그건 무슨 조화입니까?"

"정확한 것은 나도 몰라. 그래서 중자에 옻을 칠한 후에는 구덩이 위에 거적을 덮고는 안쪽에 습기가 많이 생기도록 하고 따뜻하게 해야 옻이 마르게 돼."

"물로서 말린다는 말씀인데 옻이란 것이 참으로 요상하군요."

"옻칠이 단단히 마른 연후에 밀납을 옻칠 위에 붙여야지."

"사람들이 옻칠이란 것을 어떻게 알았을까요?"

"신농씨가 알았을까?"

6월 하순, 옻이 단단하게 말랐다. 밀납으로 종의 형상을 만들 모든 준비가 끝났다. 금정과 만교에게는 이제부터가 진짜 시작이다. 금정은 만교를 데리고 봉덕사의 금당으로 갔다. 부처님에게 종을 시작함을 미리 고하기 위해서이다. 성덕대왕의 위패 앞에서도 무사 성공을 기원하였다.

밀납은 꿀벌들이 꿀을 채집하면서 꽃가루로 벌집을 만들기 위해 접착제 역할을 하는 것이다. 이것은 오래 두어도 마르지 않기 때문에 불상과 같이 쇠로 된 물건을 만들 때 기본모양을 다듬는 재료로 많이 사용하는 것이다.

밀납은 열에 약하기 때문에 물건의 기초모양을 완성하고 나서 흙반죽을 씌우고 말려서 불을 주어 구우면 밀납이 녹아서 빠져 나온다. 밀납이 빠진 빈 공간에 쇳물을 채워 넣어 굳힌 후 거푸집을 깨어내면 비로소 원하는 물건을 완성하는 것이다. 흙으로 기초모양을 만들면 이렇게 하기가 불가능하다.

　어마어마한 양의 밀납을 담은 나무상자가 열렸다. 벌집에서 뽑아내어서인지 꿀 냄새가 작업장 안에 확 퍼진다. 손으로 만져보니 돌같이 단단하다. 이것을 어떻게 해야 하나. 금정은 할 일이 태산처럼 많음이 느껴지는지 숨이 막혀왔다.

　"대공장님, 정말 밀납이 엄청납니다. 이 많은 것을 어떻게 모았을까요?"

　"사람이 모으나, 벌들이 모으지."

　"그래도 벌집에서 추출하는 것은 사람들이 하지 않습니까요."

　"우선 이것을 솥에 넣고 끓여서 녹여야 돼. 녹인 밀납을 기름을 바른 넓은 판대기 위에 부어서 널찍한 판으로 만들고, 밀납이 단단하게 굳기 전에 종의 두께에 맞게끔 일정하게 오리고, 그 오린 밀납판을 옻칠을 한 중자에 붙이는 것이 급선무이다. 밀납이 다시 돌처럼 굳기 전에 붙여야 하니 밀납이 녹으면 쉬지 말고 손을 움직여야 해."

　"솥 밑에 불이 들어가니 밀납이 금방 녹네요."

　"녹은 밀납을 기름 바른 판대기 위에 부어서 넓적하게 만들고 단단하게 굳기 전에 칼로 잘라야 돼."

　금정의 말에 맞추어 여러 명의 공장들이 힘을 합세하여 밀납판을 종의 두께에 맞추어 일정한 넓이로 자르고 중자에 세워 붙여나가니까만 옻칠을 한 중자는 서서히 종의 형태를 따라서 일정한 간격으로 밀납이 붙어가고 있었다.

　중자에 밀납을 너무 많이 붙이면 좋지 않다. 모양을 만든 후 밀납을 녹여내기가 쉽지 않은 점도 있지만, 종의 맨 밑은 두께가 거의 한 자나 되기에 귀한 밀납으로 가득 채우기가 너무 힘들기 때문이다. 그래서 중자에 일정한 간격으로 종의 두께에 맞추어 밀납으로 일정한 간격으로 담을 쌓고, 그 위에 다시 한 치보다 두꺼운 밀납판을 붙이면 밀납의 양을 절반으로 줄일 수가 있다. 이렇게 하지 않고 종의 두께 비슷하게 새끼줄을 돌리거나 솜을 돌린 위에 밀납을 입히고 종 모양을 만들 수 있으나 자칫 밀납을 녹인 후에는 찌꺼기가 남아서 거푸집 틀이 빠지지 않거나 애써 다듬은 모양에 손상을 줄 수도 있다. 열을 아주 많이 가하면 짚이나 솜도 흙 속에서 타버리기도 하지만 그 정도로 열을 가하면 거푸집이 너무 줄어들어 밀납으로 두께 예측을 하기가 쉽지가 않다.

그런데 갑자기 어디에선가 벌들이 날아와 왱왱거린다.

"아니, 이것이 웬 벌들입니까?"

"밀납이 녹으면서 냄새가 퍼지니 벌들이 냄새를 맡고 꿀이 있겠구나 하고 날아오는 것이지."

"이 많은 밀납을 보면 벌들이 어떻게 생각할까요?"

"와! 이렇게 많을 수가! 하겠지."

벌들이 점점 더 많아진다. 날아온 벌들은 밀납에 내려앉아서 밀납을 물어 뜯어보려지만 신통치 않은지 이내 다시 하늘을 난다. 하지만 어떤 녀석들은 많은 밀납을 보니 만족스러운지 날아가지 않고 계속 밀납 위를 엉금엉금 기어서 돌아다닌다.

벌들이 붕붕거리며 날아다니는 가운데 힘을 합쳐서 일정한 간격으로 담을 세워 나가는 작업만 며칠이 걸리고 그 위에 밀납판을 붙이는데도 며칠이 걸렸다. 그리고 종모양을 결정하는 곡자틀을 돌리면서 튀어나온 밀납은 깎아내고, 부족한 부분은 보충하면서 종의 형태를 잡아나갔다. 이렇게 큰 종을 만드는데서 이 과정은 한두 명의 힘으로는 어림도 없어서 여러 명이 곡자틀을 밀어서 밀납을 붙이거나 깎는 것을 도와주어야 한다.

여럿이서 힘을 합쳐 열흘 정도 일을 하니 밀납으로 된 종의 큰 틀이 잡혔다. 종 높이만큼 땅을 파고 들어간 구덩이에 가득할 정도로 웅장하다. 구덩이 바닥에서 머리를 들어 종의 꼭대기를 보니 아찔할 정도로 크다는 것이 느껴진다. 그리고 곡자틀은 철거되었다.

"대공장님 정말 어마어마하게 큽니다. 황룡사종보다 더 크게 될 것 같습니다."

"그래야지. 그래야 한 소리를 얻을 수 있을게야."

"그런데 아직 정식으로 주종명령이 내리지 않았다는데 만들기 시작해도 될까요?"

"왕명은 없었으나 모후께서 대나마님에게 명을 내렸으니 시작하는 것이 맞을 것이야. 일의 시작보다 주종의 날짜를 먼저 정하고 명이 내릴 수가 있으니 임박해서 서두르면 실패하기가 쉬우니 미리 준비하여 튼실히 하는 것이 낫지."

아직은 먼 시간이지만 쇠를 녹이기 위한 점검들이 이루어진다. 오래되어 못쓰게 된 예전의 용광로와 용탕그릇을 뜯어내고 황토, 백토, 흑연을 곱게 빻은 삼실과 섞어 만든 흙반죽으로 전돌도 구워만들어 다시 커다란 용광로들과 쇳물을 모을 거대한 용탕그릇을 만들 준비를 한다. 바람을 불어넣는 풍구를 수리하고, 숯을 다시 보충하고, 질 좋은 탄도 골라서 차곡차곡 쌓는다. 작업실의 지붕 처마 밑에는 가마에 불을 뗄 장작들도 차곡차곡 쌓는다.

7월, 유난히 심한 더위가 숨조차 쉬기 어렵고, 초목조차 시들해질 정도로 위력을 발휘하고 있다. 모후가 신하들에게 얼음을 나누어주었다.

금정은 모양을 만들기에 좋은 밀납을 다시 만들어 보충했다. 좋은 재료가 충분히 준비가 되어야만 안정된 마음으로 일을 잘할 수 있기 때문이다. 밀납이라는 것이 온기가 없으면 단단해져서 다루기가 매우 어렵고 날이라도 추워지면 더더욱 힘들어지기 때문이다. 게다가 종의 크기가 12자나 되기 때문에 손으로 주물러야 하는 밀납의 양도 엄청나다. 그래서 금정은 밀납에 기름을 조금 섞어서 부드럽게 하여 모양을 만들기 수월하게 하였다. 기름을 많이 섞으면 너무 물러져서 아무것도 하지 못한다.

밀납으로 형태를 만들 때는 주로 대나무를 깎아서 만든 칼을 이용한다. 단단하고 탄력이 있어서 밀납을 다듬기에 용이하기 때문이다. 밀납은 찐득거리는 성질이 있어서 쇠에는 잘 달라붙기에 쇠칼을 사용하기가 어렵지만 대나무칼에는 잘 달라붙지 않는다. 그래도 쇠로 만든 칼들도 탁자 위에 가지런히 정리가 된다. 밀납은 뜨거운 것에 약하기 때문에 대나무로 다듬기 힘든 부분을 깎거나 잘라낼 때 쇠칼을 불에 데워서 사용하면 쉽게 할 수 있기 때문이다.

종의 몸체에 비례하여 종두를 얼마나 크게 해야 할지, 상대와 하대의 넓이와 두께는, 연뢰대의 넓이, 천인공양자상의 크기, 당좌의 위치 등을 정한 후에 각각의 형태는 밀납을 주물러서 완성해 가야 한다.

금정은 밀납으로 만들어진 종의 몸체에 익숙한 듯 눈짐작으로 각 부위들의 넓이와 크기를 가늠하면서 기다란 나무칼로 대강의 형태를 그린다. 그 크기에 맞게 종이를 오려서 자리를 잡아 붙이더니 보상화문과 공양자상들을 자척으로 재가면서 종이에 그림을 그린다. 상대에는 종의 둘레를 8등분 하여 한 칸에 한 번 흐름의 보상화문을 그리더니 그려진 것을 표본삼아 한 단위씩 계속 그려나갔다. 붓으로 그림을 그려나가는데 선이 명쾌하고 힘이 넘친다. 보상화문의 넝쿨과 잎은 살아 움직이듯 뻗어나가고 꽃으로 피어난다. 공양자는 하늘을 나는 비천인지 등 뒤의 하늘로 흩날리는 군의자락과 영락의 띠가 허공을 향해 힘차게 뻗어가고, 휘둘러 내리는 구름은 무릎을 꿇고 향로를 받쳐 든 공양자를 사뿐히 공중으로 날린다.

"대공장님, 붓을 움직이는 것이 신필입니다. 만드는 솜씨가 훌륭한 것이야 이미 잘 알고 있지만 붓을 운용하는 것도 이렇게 뛰어나신 줄은 몰랐습니다. 누구에게 배우셨습니까? 혹시 신필 솔거화상에게 배우신 것은 아닙니까?"

"쓸데없는 말 하지 말고 이제부터 내가 그린 밑그림을 보고 어떻게 문양을 밀납으로 잘 새길지 생각하게."

"그런데 종신의 양 옆에는 공양자상도 없고 당좌 자리도 없네요."

"그곳은 나중에 이 종을 만들게 된 연유를 담은 문장을 새기는 곳이야. 모양을 다 만들고 나면 누군가 왕실의 명을 받들어 글을 지어 오면 그것을 종에 새겨야 돼."

"가장 위에 있는 종두를 먼저 만들어야겠지요?"

"제일 먼저 착수는 하지만 완성은 나중에 다른 모든 문양들과 함께 끝나게 돼."

"어째 그러십니까? 먼저 깨끗이 완성을 해버리면 저렇게 높은 곳을 오르락내리락 하는 수고를 덜 수 있지 않겠습니까?"

"종에 들어가는 수많은 문양은 서로 어울려야 하기 때문에 따로따로 만들 수 없어. 만들면서 계속 이곳저곳을 비교하며 붙이고 깎으면서 맞추어 나가는 것이야. 그리고 이렇게 거대한 것을 손바닥 크기만큼 작은 종에서처럼 세밀하게 다듬으면 아주 옹졸하게 되기에 크기만큼이나 문양을 새기는 것도 대범해야 해."

"얼마나 대범해야 합니까?"

"천하를 울린다는 대범함이 필요해."

8월, 대아찬 김융이 반역을 하다 사형을 당하였다. 가배기간 동안 아녀자들이 밤낮으로 길쌈하여 겨루어 진 쪽에서 떡을 하여 함께 즐기는 와중에 반역의 사건이 터져 세상이 뒤숭숭하다.

금정은 만교를 데리고 나무기둥을 묶어 만든 가설물 맨 꼭대기에 오른다. 가설물에서 구덩이의 바닥을 보니 얼마나 높은지 어질어질

할 정도이다. 금정은 밀납을 돌려 만든 종 몸체의 편평한 윗부분 천판에 올라서더니 자리를 정하여 밀납을 헤치고 중자의 윗부분에 있는 구멍을 찾아서 위가 넓고 아래가 좁은 모양의 길이가 두 자가 넘는 불에 구운 토관을 꼽는다.

"토관은 왜 꼽습니까?"

"나중에 밀납을 녹이려면 중자 내부에 불을 지펴야 하는데 연기가 빠져나갈 구멍은 마련해야 한다고 하지 않았나. 그 토관에 만파식적을 새기는 것이야. 그러니 연기를 빼는 구멍의 역할을 하고 만파식적도 꼽는 일석이조이지."

금정은 휘어진 나무줄기를 토관의 중간쯤에 고정을 시키고 다시 그 아래에 앞뒤로 두 개의 나무막대기를 고정시켰다.

"나무막대기들은 왜 고정시킵니까?"

"용두와 다리들을 만들려면 밀납을 지탱하는 심이 있어야지. 이 토관과 나무 심에 밀납을 주물러 붙이면서 모양을 만들어 가야지."

"종두의 모형은 따로 없습니까?"

"기본적으로는 감은사종, 진여원종, 황룡사종의 틀을 크게 벗어날 수가 없다. 종위의 용은 전부 같은 자세를 취하니 만파식적에서 빠져나와 앞으로 하나 뒤로 하나 뻗은 두 개의 다리와 입을 벌린 용의 머리를 만들면 되는데, 세부적인 것은 만들어가면서 정하면 돼."

"종 몸체를 돌린 밀납은 딱딱했는데 대공장님이 특별히 제조한 이 밀납은 적당히 물렁한 것이 모양을 만들기가 좋습니다."

"그것이 적당히 말랑거리지 않으면 이렇게 큰 종은 해결책이 없어."

만교는 처음 며칠간은 하루 종일 밀납을 손에서 놓지 않고 주물럭거린다. 손에 익숙하기 위해서이다.

"이제 저는 무엇부터 만들어야 합니까?"

"우선 내가 용의 머리를 만드는 동안 만교는 만파식적 기둥에 밀납으로 두께를 올리고 돌아가면서 연꽃잎으로 새겨나가게."

"어떻게 만들까요? 돌아가는 문양이 같으면 하나를 만들어서 찍어도 되나요?"

"말하지 않았나? 찍어서 만들지 말게."

"이러한 문양까지도 하나하나 새기려면 어휴!"

"그래서 자네에게 백보나 되는 문양을 새기는 연습을 시키지 않았나. 자네는 집중력이 있어서 시작하면 금세 익숙해질 것이네. 이제부터는 잠자고 밥 먹는 시간이외에는 하루 종일 문양을 새기는 일에 매달려야 돼."

"어떻게 그렇게 합니까? 사람이 쉬어가면서 해야지. 너무 이 일에만 매달리면 오히려 답답함을 느껴서 일을 하지 못하게 돼요."

"그만큼 열심히 해야 된다는 것이야. 당연히 답답함을 느낄 땐 바람이라도 쏘여야지."

"그나저나 이렇게 큰 종신을 채우려면 열심히 할 수밖에 없겠습니다."

"조금 지나보게, 자네가 체력이 나보다 좋으니 나보다 더 열심히 하게 될 것일세. 사람이 일에 집중을 하면 이상한 힘이 나와서 자신이 생각한 것보다 훨씬 높은 수준을 경험하게 되는데 그것은 스님들이 깊은 삼매에 드는 것만큼이나 보통의 경우를 넘어서지."

"그럼, 저도 도를 통할 수 있다는 말입니까?"

"당연하지. 글이나 기도로만 도를 통한다고는 보지 않아. 무엇이든 집중을 하다보면 도를 통하게 돼. 그 도나 이 도나 큰 차이가 뭐 있겠나."

기승을 부리던 더위가 한풀 꺾이고 그늘에서는 완연한 가을의 시원함을 느낄 수 있다. 팔월 스무이틀, 입정에 들기 위함인지 며칠동안 이나 마음을 세우기 위해 정신을 집중하던 금정이 마침내 각오를 다지듯 크게 한 번 심호흡을 한 후, 토관에 묶은 휘어진 나무 심에 용두를 만들기 위해 밀납을 붙이기 시작하자 만교도 으샤!를 외치고 토관과 앞뒤로 뻗은 다리를 만들 나무 심에 밀납을 척척 붙여나간다. 하루 동안에 만파식적 기둥이 세워지고, 용의 머리가 나오고 앞발과 뒷발이 힘차게 뻗는 자세를 취한다. 물론 자세한 모양이 나온 것이 아니고 큰 틀만 잡힌 것이다.

"벌써 종두의 큰 틀이 잡혔네요. 참 빠르십니다."

"날씨가 더워 밀납을 다루기가 쉬워서 빨리 진행이 되었지만 날씨가 서늘해지면 조금 더뎌질 수 있다."

9월, 대아찬 김용의 잔당이 모두 처형되고 그의 식솔들은 뿔뿔이 흩어져 다른 귀족들의 하전이 되었다.

금정과 만교가 종두를 만들기 시작한지 달포 반이 지났을까, 벌써 종두의 모양이 다 되어간다. 만파식적 기둥에는 하늘을 보고 땅을 보는 마주한 연꽃판들이 마치 도장으로 찍어서 만든 것처럼 가지런하게 돌아가면서 정렬이 되었고, 연꽃판 한 층 사이에는 구슬 띠를 둘렀다.

　"과연 만교의 솜씨도 대단하다. 내가 생각한 이상이야."

　"별 말씀을." 만교도 이제 문양을 새기는 것에 푹 빠져들었는지 발그레진 얼굴로 손사래를 하며 겸손을 보인다.

　"정말이야. 만교도 이제 삼매에 빠진 것 같아."

　"대공장님의 용은 어떻고요. 부릅뜬 눈은 호랑이 눈보다 기상이 넘치고, 줄지어 늘어선 용의 비늘에는 바람이 부는 듯 결이 보이고, 목덜미의 큼직한 여의보주는 하늘의 보물인 양 고이 모셔 올라있습니다. 만파식적에서 용의 몸이 빠져 나오는 곳에는 구름인 듯 영기靈氣인 듯 생기에 찬 불꽃이 타오르고, 앞뒤로 뻗은 발은 기운차게 천하를 호령하러 달려 나가는 듯합니다."

　"만교가 만든 만파식적도 잘 정돈된 것 같으면서도 용을 품을 만한 힘을 담고 있으니 일품이구나."

　"용의 목은 잘라 붙이듯 했는데도 만파식적과 한 몸인 듯 전혀 어색하지 않습니다."

　"이제 내가 만교에게 보는 법을 배워야 할 것 같다. 하하하"

　"대공장님, 그런데 만파식적에는 왜 이렇게 많은 구슬을 넣으라

하십니까?"

"구슬은 수행을 실천해야 된다는 바라밀이야."

"보석이 아닙니까?"

"보기에는 보석이지만, 내심은 바라밀이야."

"바라밀은 보통 육바라밀 여섯 개 아닙니까?"

"그 수를 어찌 한정할 수 있는가? 많을수록 좋지. 아마 앞으로는 염주알처럼 길게 꿰어진 바라밀을 걸어놓은 종도 나올 것이다."

"바라밀을 걸어놓으면 사람들이 정말로 부처님 법을 실천할까요?"

"글쎄다. 그 염주를 목에 걸고 다니는 사람들조차 바라밀을 실천하지 않은 세상인데."

"아무도 따르지 않는 바라밀을 왜 이렇게 만듭니까?"

"만들어야 하기 때문에 만드는 것이지, 사람들이 따르고 따르지 않고는 그들의 몫이지."

"지난번, 용 대신에 봉황이 만들어질 날도 있을 것이라고 했지 않습니까. 언제쯤일까요?"

"내가 앞날을 내다보는 사람도 아닌데 그런 것을 어떻게 알겠나. 새로운 세상은 세상이 뒤집히는 날을 뜻하는 것도 아닐까? 지금 신라처럼 예의범절이 무너지고, 사람들이 물욕과 육욕을 거리낌 없이 드러낼 때 천지신명은 우리 사람들을 벌하기 위해서 새로운 징표로서 그날을 예고하시지 않을까?"

"그런 날이 오지 않았으면 좋겠습니다."

"그런 날이 오고 안 오고를 이 쇠로 만든 종두와는 아무런 관련이 없어. 다만 그 시기가 되면 종두도 바뀌게 될 수도 있다는 말이지. 그리고 또, 그런 날은 사람의 도리보다는 재물의 도리가 세상을 지배하기 때문에 우리 같은 천민이 없어지고, 남녀의 차이도 없어지고, 오로지 재물의 차이만 있을지도 모르지.”

“그러면 우리 같은 하전들은 그런 날을 기다려야 합니까?”

“언젠가 읽은 현묘한 책에 적혀있었어. 새 세상이 되려면 그런 날이 오는데 하늘이 뒤집히고, 땅이 움직이고, 처처에 전란과 병마가 창궐함으로서 이 세상을 정화시킬 것이라고.”

“그런 날이 오지 않았으면 좋겠습니다.”

“이 세상에 사는 것이 좋은가?”

“똥밭에 굴러도 이승이라는 말이 있지 않습니까?”

“이 세상의 똥밭에 구르는 것은 언젠가는 썩어 문드러질 몸뚱아리일 따름이지.”

“부처님은 몸뚱아리로 계속 거듭난다고 하지 않았습니까?”

“난 그런 말 들어본 적이 없는데.”

금정이 용두를 다 만들 즈음, 만교는 만파식적에 새긴 연꽃잎을 같은 모양으로 천판의 가장자리를 따라 빙 둘러 새겨 넣었다. 만파식적이 꽂힌 바닥과 꼭대기마저 연꽃잎을 둘렀다.

10월, 수백 마리의 두꺼비가 한꺼번에 길을 건너는 일이 있고, 뱀들이 기어 나와서 우왕좌왕 했다.

종두가 거의 마무리되어 갈 무렵, 금정은 몸이 피곤한지 이틀을 나오지 못하고 쉬었다가 다시 일을 하러 작업장에 나왔다. 이제는 아침저녁으로 손이 시리다는 것을 느낄 만큼 날씨가 쌀쌀해졌다.

"대공장님, 아침저녁으로 날이 선선해지니 이 밀납이 딱딱해집니다."

"아직은 큰 장애가 없으이. 좀 더 싸늘해지면 구덩이 주변에 불을 놓아서 작업장 안의 온기가 유지되도록 해야지."

금정은 다른 공장들에게 구덩이 주변에 놓을 화로를 준비할 것을 주문한다.

종두의 미흡한 부분을 보완하고 금정과 만교는 가설대의 제일 윗부분에서 한 단계 아래로 내려갔다. 상대에 들어갈 보상화문을 새기기 위해서이다.

"이제 내가 다시 한 번 종두를 점검할 동안 종이에 그려진 보상화문을 따라 종의 몸에 눌러 그려서 표시하고 그것을 따라서 만들어나가라. 부족한 곳은 다시 지적해주겠다."

"벌써 다 그려두었습니다."

"그래, 이제 만교 혼자서 일을 해도 되겠네."

"대공장님, 힘이 많이 드십니까? 기력이 없어 보입니다."

"아닐세. 나이가 환갑이 가까워 오니 어찌 자네처럼 힘을 내어서 할 수가 있겠는가?"

"그럼 며칠 더 쉬세요. 제가 상대의 문양을 다 새기면 그때 오셔서 봐주세요."

"아닐세, 시간이 빠듯해."

"그러다 정말로 병이라도 나면 어쩌려고 그러십니까?"

"아직은 괜찮아."

"그럼, 제가 빨리 할 터이니 대공장님은 천천히 하세요. 까짓것 길어야 사오 일이면 다 할 수 있을 것 같습니다."

"그래? 그리 만만하면 한번 해보아라."

11월, 왕경에 지진이 있었다. 황룡사탑의 일부를 급히 수리했다.

만교가 보상화문을 붙여가는 솜씨가 어찌나 빠른지 금정은 내심 놀랐다. 속도만 빠른 것이 아니라 선의 흐름과 붙여야 할 밀납 양의 정확함이 금정 자신이 손을 보지 않아도 될 정도이다. 하지만 빠른 손놀림과 형태의 정확도는 있으나 뭔가 조금 부족한 것 같다. 조금의 모자람을 남겨둘 줄 아는 여유가 없는 것이다. 금정은 만교가 만드는 보상화문을 따라가면서 수정보완을 하였다. 멀찍이 떨어져서 눈을 가늘게 뜨고 보면서 세세한 것은 보지 않고, 생동감 있게 흐름이 잡혀가는지를 살핀다.

"만교가 정말로 실력이 높구나. 그런데 조금 아쉬운 것은 너무 매끈하고 정교하게 만들면 오히려 만드는 재미가 없으니 손에서 밀납을 붙이고 깎는 느낌도 살리도록 해. 어떤 곳은 손의 맛을 살리고, 어떤 곳은 칼의 흔적을 남기고, 어떤 곳은 조금 뒤틀어지더라도 그냥 두어 봐."

"저는 아직 그런 것은 모릅니다. 그냥 형태를 완전하게 하는 것이 제일로 좋은 것 같습니다."

"하기야, 그런 것은 모양만 잘 만든다고 알 수 있는 것은 아니야. 오랜 경험과 살아온 삶의 질곡에서 얻어지는 것이지. 만교처럼 젊은 사람들은 매끈한 처녀들의 손이 좋지만 나처럼 늙은 사람은 주름이 패이고 터진 나이든 할멈의 손도 정겹게 느껴져."

"대공장님, 보상화문은 무엇입니까? 당나라 사람들이 많이 사용한다고 당초문이라는 말을 하기도 하던데요?"

"이 문양은 세상의 모든 만물은 나고 죽는 과정을 통하여 부처의 경지로 다가감을 말한다네. 그래서 나고 죽는 생로병사의 뜻을 가지고 있고, 깨달음의 뜻도 가지고 있어."

"그래서 이렇게 꽃이 흐드러지게 피면서 넝쿨이 뻗어가는 것이군요."

"말이 그렇다는 것이고. 사실은 가장자리를 장식하는 방법으로는 보상화문을 따를만한 것이 없지."

"만드는 일에 착수한 지도 벌써 여러 달이 넘었네. 바쁘게 하면 내년 춘분이 지나고 하지쯤에는 밀납으로는 완성할 수 있을 것 같네."

"그렇게나 많이 걸립니까?"

"그럼, 만들고 고치고, 다시 고치고. 쉽지가 않아."

"이제는 많이 추워졌습니다. 화로를 더 놓아야겠습니다."

"어째 아직 왕실에서 분부가 없으시나? 분명히 명이 떨어질 것인데. 내년 정월에 내리실려나?"

12월, 시중 은거가 퇴직하자 이찬 정문이 시중이 되었다. 예부의 아찬 1인을 유사로 명하여 신종의 완성을 명하였다.

마침내 왕실에서 일 년의 말미를 주고 정식으로 성덕대왕신종의 주종을 명하였다. 그동안 이를 예상하여 일을 미리 시작하지 않았다면 참으로 난감할 뻔하였다. 박종일 대나마는 일이 많이 진행되어 자신감이 있어 기쁜지 꿩고기와 유밀과 등 맛있는 음식을 많이 마련하여 공장들을 배불리 먹이고 더욱 분발하도록 격려하였다.

금세 새길 것 같은 상대의 보상화문을 새긴지도 두 달이 지나간다. 처음 새긴 후 보기에 미흡하여 다시 시작할 정도로 대폭 수정을 가했기 때문에 시간이 늦어진 것이다. 동지도 지났다. 겨울이 점점 깊어간다. 만교는 생각보다 시간이 많이 걸려서인지, 금방 끝낼 것이라는 호언장담이 무안해서인지 밤에도 불을 밝히고 문양 새기기에 매달린다.

"오늘은 그만하게. 밤이 늦었네."

"아닙니다. 정말 수일 내로 끝내겠습니다. 제가 너무 얕보았습니다."

"그래도 만교니까 이렇게라도 하지 다른 사람들은 어림도 없어."

"보상화문을 다 새기면 가장자리 띠는 어떻게 처리할 것입니까?"

"무엇으로 하면 좋을까?"

"그냥 줄을 넣으면 어떨까요? 아니, 바라밀 구슬을 넣지요. 금을 다루는 공장들이 아주 작은 금 알갱이 띠를 붙이는 것을 보니 참으로 화려하던데요."

"좋은 생각이다. 실은 나도 그 누금처럼 띠를 만들까 생각했다. 바라밀이어도 관계없지."

신해년 정월, 왕이 보위에 오른 지 7년째이다. 왕은 친정을 하려하나 여전히 모후 만월부인의 위세에 가로막힌다. 이찬 김양상이 성격이 포악하여 걸핏하면 사람을 죽이거나 폭력을 행사하지만 아무도 간언하지 못하고 오히려 아첨하고 그 위세를 추종하는 자들이 많았다.

해가 바뀌어, 금정은 달도怛忉 상자일上子日을 집에서 지내면서 근신을 한 후 오곡밥을 지어서 먹고는 바로 작업장으로 달려갔다.

"대공장님, 집에서 맛있는 것 많이 드셨습니까?"

"조신하게 한 해를 잘 보낼 수 있게 마음을 가다듬었다네. 자네는 올해 혼사 소식이 없는가?"

"지금 혼사가 무슨 말입니까. 이 종 만드는 일을 빨리 끝내야지요. 군관댁 하녀가 재촉하지만 왕실 일이 중하지 않습니까?"

"박사님들은 황룡사 팔관회에 참석해서 예부의 어른들로부터 종을 반드시 성공해야 한다는 다짐을 주문받았다는구먼."

"그러니 우리가 이 추운 날에도 고생을 하고 있지 않습니까."

"이제 연뢰와 연뢰대를 만들어야지."

"대공장님, 연뢰는 36개가 완전히 똑같으니 전돌처럼 찍어서 시간을 줄이지요. 아니면 중간에 지쳐버릴 것 같습니다."

"그런 말을 하지 말라고 했을 것인데."

"그래도 연뢰는 누가 보아도 똑같이 만들어야 하니 찍도록 해요."

"알았다. 그리 간절히 부탁을 하니 그렇게 하자구."

"고맙습니다. 그런데 진여원종처럼 연뢰로 할까요 아니면 황룡사 종처럼 연꽃이 좋겠습니까?"

"연봉우리가 맺혔으면 피는 것이 당연하지. 피게 하자. 사실 뉴鈕를 없애고 36개 화엄의 꽃을 피게 한 것은 이 종이 삼귀계三歸戒를 옹호하기 위한 36선신善神을 모신 법기法器가 되게 해 달라는 주문이 있어서이네."

"이미 높은 분들의 명이 있었네요."

"당연하지. 이렇게 중요한 것을 내 마음대로 할 수 있나."

"연봉오리보다 만들기가 한결 수월해지겠습니다."

"연뢰대 한 곳에 9개씩 들어가게 적당한 크기로 만들어봐. 8엽 연으로 하는 것이 무난할 것이다. 밀납으로 하나 만들어서 흙을 발라 건조시키고 구워서 틀을 만들고, 틀에 소기름을 바르면 백 장이라도 찍어낼 수 있다."

2월, 성장한 왕이 여자처럼 옷을 입고 얼굴화장을 하고 나타나서 궁궐사람들의 비웃음이 있었다. 만월부인이 왕에게 행동을 삼갈 것을 권하지만 왕은 이를 고치지 못한다.

"꽃봉오리가 맺히니 꽃이 피고, 꽃봉오리가 맺히니 꽃이 피고 … "

"헌화가라도 부를려고?"

"헌화가는 대공장님 마노라님에게나 불러주세요."

"허허허"

"꽃이 피면 어떻게 됩니까?"

"피었으면 당연히 지는 것이 아니겠나?"

"언제 꽃이 지게 될까요?"

"응?"

"종에 연꽃이 피었으니 언젠가는 질 때가 있을 것 아닙니까?"

"만교가 많이 늘었다. 언제 질까?"

"대공장님이 말씀하셨던 종머리의 용이 봉황으로 바뀌면 꽃이 지지 않을까요?"

"글쎄다. 그때를 종잡을 수가 있을까?"

"그때 사람들은 꽃이 지면 어떻게 할까요?"

"다른 것으로 만들거나 꽃잎이 흩날리게 … "

"꽃잎이 흩날리는 것은 어떻게 만들 수 있어요."

"만교가 좋은 생각을 하게 해주는구나. 꽃잎은 떨어져서 바람에 날리지. 그동안 많은 사람들이 염원하던 것을 뒤로 하고 하늘을 날아가지."

"많은 사람들의 염원을 뒤로 하는 것보다 많은 사람들의 염원을 담아서 하늘로 날아가는 것은 어떨까요?"

"만교가 점점 대담해지는구나."

"꽃잎 하나하나에 사람들의 염원을 담은 보석같이 아름다운 꽃잎이 되면 더 좋지 않겠습니까?"

"그래, 사람들의 꿈을 새기면 되겠네. 하늘에 반짝반짝 빛나며 날아가는 보석 같은 연꽃잎."

"황룡사에서 꽃이 피었으니 여기 성덕대왕신종에서 하늘로 날릴까요?"

"너무 이르지. 훗날 누군가가 정말로 이루었으면 좋겠다. 새로운 세상에서."

금정과 만교의 호흡이 더욱 잘 맞아서 상대보다도 더 시간이 걸릴 것 같던 연뢰와 연뢰대를 새기는 일이 제비가 올 즈음에 끝이 나고 가설대를 다시 한 단 내려갔다.

3월, 왕이 여자처럼 하고 궁녀들과 궁궐의 뜰에서 춤을 추었다. 같이 춤을 춘 궁녀는 궁궐에서 쫓겨났다.

"지금까지는 보상화문만 열심히 다듬었는데 이제는 사람입니다."

"하늘을 나는 천인이지."

"진여원종에서는 주악천인이었는데 여기서는 왜 공양자상입니까?"

"왕실이 부처님의 가피를 비는 것이고, 성덕대왕에게 제사를 지내는 것이니 향을 바치는 상이 더 좋지 않겠나."

"대나마님과도 의논을 한 것이겠지요?"

"당연하지 어찌 나 같은 하전이 왕실의 일을 마음대로 할 수가 있는가? 내가 하는 것은 대나마님이 왕실에 가서 명을 받아오면 그 명에 따라서 그림을 그리고 모양을 만드는 것이야. 왕실에서는 스님들의 말을 듣기도 하지만."

"꼭 명령대로 하십니까?"

"그분들의 명을 받들어야지. 하지만 일을 하다가 의문이 생기면 찾아가서 의논을 드리고 큰 원칙에서 벗어나지 않는 범위에서 내가 판단하기도 해."

"그러면 대나마님이나 차박사님이 받아주십니까?"

"좋은 뜻으로 건의를 하는 것이니 대부분 받아주시지."

"대공장님은 지금도 집에 가시면 글을 보십니까?"

"한창 일을 할 때는 글을 볼 마음의 여유가 없어. 글을 계속해서 보아야 하지만 살날이 얼마나 남았다고 … 에휴."

"글을 보는 것이 힘듭니까?"

"즐거움을 느낄 때도 많지만 힘에 부칠 때도 있어. 요즘 와서는 점점 힘이 들어."

"공양자상을 좀 더 큼지막하게 만들지요?"

"안 돼! 이곳은 종이 소리를 내는데 아주 중요한 곳이어서 너무 두껍게 문양이 들어가면 소리가 나빠질 수 있어. 그야말로 하늘을 나는 듯 가볍게 처리를 해야 해."

"왜 공양자상을 연뢰대 아래에 배치를 시킵니까?"

"종을 치면 종이 떨면서 소리를 내는데 치는 방향으로 앞뒤와 옆으로 진동해서 소리가 나는데, 연뢰대와 공양자상이 새겨진 곳에서는 소리를 내는 진동을 잡아 진정시켜야 해."

"왜 소리를 잡습니까?"

"소리가 사방팔방 너무 고르게 뎅~ 하고 나면 천지조화를 느낄 수가 없어. 한 소리는 천지조화도 느낄 수 있어야 해."

"에이, 그래도 네 치에서 한 자나 되는 두께를 가진 종이 그렇게 얇은 문양 때문에 소리가 잡힐까요?"

"완전히 잡히는 것이 아니라 크게 나는 부분 때문에 상대적으로 적게 들려서 소리를 느낄 수 없다고 한 것이지."

"하늘엔 자색 구름이 휘날리는데 마주보는 비천은 구름방석에 앉아 부처님에게 향불을 피워 공양을 올리고, 어디서 불어온 미풍에 천의 자락과 꿰어진 구슬 줄은 허공을 가른다."

"참 좋다."

"구름 속 곳곳 연꽃이 피어 있고, 비천을 감싸고도는 구름의 모양은 필시 용의 형세입니다."

"응?"

"드러나게 만들지만 않았지 영락없이 용을 탄 공양자입니다."

"만교가 알아버렸네."

"대공장님, 용을 탄 공양자는 누구입니까?"

"세상에 용을 탈 수 있는 사람이 누구일까?"

"성덕대왕이십니까, 경덕대왕이십니까?"

"너무 비약하지 말게. 구름을 새긴 것인데 그렇게 보일 뿐이야."

4월, 만월부인이 김양상의 직급을 올려주었다. 분황사에서 원효스님을 기리는 큰 법회가 있었다.

금정과 만교는 한창 만발한 봄꽃도 즐기지 못할 정도로 바빴으나 공양자상을 새기고 나니 마음에 하늘을 나는 기쁨이 있다. 제비가 와서 지지배배거리는 소리가 나지만 금정과 만교는 시간이 오고 가는 것이 이제 마음에 걸리지 않는다. 손은 그림을 보면 절로 춤을 추고, 밀납은 손가락이 움직이는 대로 꽃처럼 피어나고 뻗어간다. 어떻게 만들어도 눈에 거슬리지 않는다.

대나마는 비천을 보고서 고개만 끄덕일 뿐 어떤 말도 하지 않는다. 그 이후로는 가끔 지체 높아 보이는 사람을 데리고 와서 종이 되어 가는 과정을 구경시켜 준다.

가마를 만들고, 쇠를 녹이는 공장들은 금정과 만교가 끝내면 바로 이어서 일을 착수할 수 있도록 준비에 만전을 기한다.

5월, 석굴사에서 팔부중을 세우고 공사를 마쳤다. 왕경에 눈코입만 붉고 온몸이 흰 사슴이 나타났다. 사람들이 생포하려 했으나 김양상이 칼로 베어 죽였다.

다시 가설대의 단을 내려 바닥까지 내려갔다. 팔곡이 진 하대를 만든다. 위에서 순서로는 당좌를 먼저 만들어야 하지만 당좌는 소리를 만드는 가장 중요한 부분이라 전체를 만든 후에 소리를 내기에 가장 적합한 곳을 골라서 붙인다. 대개는 종 몸체를 삼등분 하여 밑의 일등분의 위치에 하지만 아직은 모르는 것이다. 전체를 완성한 후 마음으로 그 위치를 정하는 것이지 자로 재어서 하는 것이 아니기 때문이다.

하대를 만들기 전, 금정이 무슨 생각에 잠기더니 갑자기 하대의 모양을 따라서 거의 한 치나 더 두껍게 밀납을 덧붙인다.

"왜 이렇게 많이 덧붙입니까?"

"종의 소리는 종구가 두꺼워야 울림이 장중하고 오래가기 때문에 일부러 두께를 덧붙인 것이라네."

"팔곡은 왜 넣었습니까?"

"꽃이 피지 않았나. 이 종 전체가 하나의 연꽃이라네. 그리고 소리가 사방팔방으로 널리널리 퍼지라는 것일세."

"여덟 곡에는 무엇을 넣습니까?"

"당연히 활짝 핀 연꽃이지. 왜, 또 찍어서 만들고 싶은가?"

"보기에 적합하게 들어가면 되지 찍고 안 찍는 것이 무슨 관계가 있습니까."

"그렇다. 아무런 관계가 없다. 보기에 좋으면 되지."

"그런데 왜 지금까지 하나하나 일일이 새기셨습니까?"

"그냥 그러고 싶었네. 미련했는가?"

"아닙니다. 누가 알아채겠습니까. 똑같아 보이지만 하나도 같지 않다는 것을. 누가 느낄 수 있겠습니까. 우리가 도를 닦는 심정으로 문양을 새겼다는 것을."

하대에 보상화문을 새기는 동안 금정과 만교는 석굴사의 부처님처럼 삼매에 든 것인지 작업장 구덩이 속에서는 숨소리조차 들리지 않을 만큼 고요하다.
"하대의 문양은 가장 화려하고 가장 정리가 잘된 것 같아. 양지스님의 솜씨를 넘어섰고 완달님을 넘어선 것 같다."
"제가 보기에도 어디에 부족함이 있는지 모르겠습니다."

6월, 더위가 심하여 산골짜기로 가거나 물놀이를 하는 사람들이 많아졌다. 굴연강에는 뱃놀이 하는 이들이 많다.

"천천히 쉬면서 해도 유두절까지는 하대를 끝낼 수 있겠습니다."
"이제 거의 다 만들었네. 우리도 천지신명에게 풍년을 기원할 수 있게 되었네."

이제 남은 것은 당좌이다. 다른 것들에 비하면 간단한 일이지만 마지막이라고 소홀히 할 수는 없다. 가장 간단한 모양이지만 사실은 종에서 가장 중요한 위치라고 할 수 있다. 왜냐하면 종을 울려서 소리를 나게 만드는 곳이기 때문이다.

"만교 혼자서 당좌를 만들게, 나는 전체를 다시 살펴보겠네. 부족한 곳은 좀 더 다듬고, 너무 지나치게 다듬은 곳은 전체의 흐름에 맞추어 조정을 하겠네."

"당좌의 위치를 잡아 주세요."

"종에서 당좌의 위치는 대개 종의 배가 가장 부른 곳으로 정하지. 그래서 애당초 곡자틀로 종의 큰 모양을 돌릴 때부터 당좌의 위치를 생각해야지. 감은사종과 진여원종은 종신을 세 등분으로 나누어 아래에서 첫 등분에 종의 배를 가장 튀어나오게 해서 당좌를 만들었지만 황룡사종부터는 종이 커지기 때문에 사람이 당목을 치는 높이를 생각해서 그보다 훨씬 아래에 당좌가 자리 잡게 되었지."

"어떤 모양으로 만들까요?"

"불교는 무엇보다도 중요한 것이 연화화생이 아니겠나. 연꽃으로 해야지 그것도 아주 화려하게."

"연꽃 씨 부분도 새겨야겠지요."

"당연하지, 씨앗은 화생의 결실이면서 화생의 시작이 아닌가. 종을 치는 것이 화생의 씨앗을 틔우는 바라밀이면 얼마나 좋은가."

"그게 아니고, 연꽃씨를 새기면 소리에 어떤 영향이 있는가 여쭤보는 겁니다."

"종을 울리려면 큰 당목으로 종신을 쳐야 하는데 종을 치는 부분이 매끈하면 당목이 종에 부딪히는 소리가 깡! 하고 귀에 거슬리게 된다네. 연꽃의 씨앗처럼 오톨도톨하게 해 주면 나무와 종신 사이에 순간적 완충작용이 일어나서 귀에 거슬리는 소리가 많이 줄어든다네. 그리고 완충작용은 충격으로 종이 깨지는 것도 방지하니 꼭 오톨도톨하게 만들어주는 것이 필요하다네."

"황룡사종에도 당목의 충격이 얼마나 큰지 당목의 머리가 다 뭉그러져 있더라고요."

"황룡사종은 너무 두꺼워서 소리가 잘 나지 않으니 여럿이서 힘껏 밀어서 쳐야 되니 당목이 더 빨리 뭉그러지지. 그런 충격이 계속되다보면 결국에는 종이 깨어질 수도 있어."

금정과 만교가 일년에 걸쳐 일심으로 협력해서 만든 성덕대왕신종의 모양이 완성되었다. 용이 힘차게 뻗쳐 나오는 만파식적을 머리에 이고, 4개의 연뢰대, 4개의 공양자상, 화려하기 그지없는 보상화문으로 장식된 상대와 하대 그리고 화려하면서도 품위 있는 당좌까지. 금정과 만교가 혼연일체가 되고, 모든 정신을 불어넣은 성덕대왕신종의 모습이 드디어 완성된 것이다.

주종도감의 모든 사람들이 이들의 수고를 치하하고 만들어진 종의 모습에 감탄을 한다. 대나마는 종이 완성되어 가면서 몇몇 사람들을 부르더니 종이 완성되자 여러 귀한 사람들을 초청하여 보여주었다.

"금정, 만교, 정말로 수고가 많았다. 이제 주종만 성공을 하면 이 종은 만세에 빛나는 신품이 될 것이야. 정말 고생이 많았네. 내 왕실에 특별히 부탁을 하여 자네들에게 큰 보상을 내리도록 하겠네."

"대나마님, 그동안 저와 만교를 믿어주신 것만 해도 참으로 감사한 것입니다. 무슨 큰 보상을 바라겠습니까?"

"아니야. 내 비록 자네보다 지위가 높은 주종박사로 대나마에 있으나 나도 일을 하는 사람이라네. 자네의 공부가 나와 비교가 되지 않을 정도로 높은 것도 알고, 이렇게 신묘한 종의 형상을 만들어 주었으니 쇳물을 녹여 주종을 하는 내가 참으로 감사할 일이야."

"대나마님께서 그렇게 저를 치하해주시니 몸 둘 바를 모르겠습니다. 다만 한 가지 청이 있습니다."

"무엇인가? 말을 해보게 내 무엇이든지 들어줌세."

"그동안 만교와 무리를 했는지 몸이 불편하니 며칠간만 쉬게 해주십시오."

"여부가 있나. 나머지 일은 다른 공장들이 알아서 할 것이니 염려 마시게."

"저도 몸을 추스린 후에 다시 나와서 주종의 일을 돕겠습니다."

"너무 무리는 하지 말게. 참, 내일 궁궐에서 많은 사람들이 오기로 했는데 나올 수 있는가?"

"무슨 일로 나오십니까?"

"이 종을 만드느라 무려 삼십 년간이나 실패를 번복한 후에 다시 형상을 갖춘 것이라 왕실에서도 신경을 많이 쓰는 것이라네. 게다가 새 왕이 등극하신 후, 모후께서 이 성덕대왕신종의 힘을 빌려서 왕실의 위엄을 보이려 하시니 어찌 왕족들과 신하들의 관심이 크지 않겠는가. 만약 내일 자네가 나온다면 필경 모두들 자네를 치하할 것이네."

"이 모두가 대나마님의 보살핌과 덕으로 이루어진 것이니 어찌 저의 공을 논할 수 있겠습니까? 당치 않으십니다. 저는 그저 대나마님의 명을 따랐을 뿐입니다."

"어허, 어찌 그런 말로서 나를 부끄럽게 하는가?"

"아닙니다. 저 같은 천한 것이 그 많은 귀한 분들 앞에 서는 것은 맞지 않습니다."

"자네가 어떻게 하든 내 자네의 노고를 고할 것이네."

7월, 큰 바람이 불고 비가 내려 굴연강이 넘쳤으나 덕분에 강물이 깨끗해졌다. 분황사에서 큰 법회가 있었다. 왕실의 사람들과 신하들이 성덕대왕 신종 형상을 보기 위해 신종의 작업장을 찾았다.

금정이 아침을 먹고 쉬면서 예전 같지 않게 기력이 쇠진한 몸을 추스르고 있는데 만교가 손에 먹을 것을 들고 금정의 집으로 찾아왔다.

"왔는가? 좀 더 쉬지 않고."

"저는 젊어서 이틀을 푹 자고나니 기력을 회복했습니다요. 대공장님은 좀 어떠신가요?"

"나도 이제는 아무렇지도 않다네."

"그럼, 내일부터는 일을 하러 가야하지 않겠습니까?"

"이왕 쉬라는 말미를 얻었으니 좀 더 쉬자."

"저는 몸이 근질근질해서요."

"하루 이틀만 더 있다 가자구."

"그러지요. 요 고기 말린 것은 군관댁 하녀가 저보고 고생했다고 준 것인데 대공장님께 드릴까 해서 술 한 병도 가지고 왔습니다."

"아닐세. 군관댁 하녀가 자네를 위해서 만든 것인데 내가 먹으면 되나."

"괜찮습니다. 술안주로도 괜찮을 것 같습니다."

"그런데 오늘 무슨 날인가?"

"칠석날 아닙니까."

"날씨가 더워서 대서가 지나지 않은 줄 알았네."

"시간 가는 것을 잊었습니까?"

"내 요 며칠, 아무 생각이 없어졌다네."

"원래 추분쯤에나 끝날까 했는데 우리가 마지막에는 일의 속도를 내어서 빨리 끝낸 것입니다."

"아, 그런가. 만교는 이따가 무엇을 할 것인가?"

"시간이 나면 종을 만드는 곳에 나갈까 합니다."

"아직 시간이 있대도. 나하고 뱃놀이나 하는 것이 어떤가? 오늘은 날도 좋아서 뱃놀이에는 그만일 것인데."

"혹여 누가 보면 경을 칠일이 아닙니까. 천한 하전들이 이 바쁜 시기에 뱃놀이를 하고 자빠졌다고."

"괜찮아."

"정말로 괜찮을까요?"

"정말로 괜찮아."

"그럼, 이 술이랑 안주도 가지고 가지요."

금정은 만교를 데리고 굴연강으로 갔다. 왕경의 서쪽, 강나루에 잘 아는 사람이 작은 배를 가지고 있는데 그것으로 굴연의 물위에서 유람이나 해볼 심산이었다. 왕경을 휘도는 굴연은 물이 많아 넓지만 물살이 급하지 않은지라 흐르는 물에 배를 맡겼다가 노를 저어서 돌아오면 되는 것이다.

큰 비가 내린 뒤라서인지 물이 맑고 가득하다. 배를 묶어둔 곳은 강물이 맑고 조용히 흐르는 곳이어서 사람들이 자주 나오는 곳이다. 배는 작고 초라했으나 금정과 만교가 타고 강물 위를 유람하기에는 부족함이 없었다.

아낙네들이 빨래를 하고 있다. 그 옆에서는 아이들이 물장구를 치면서 놀고 있다. 금정도 어렸을 때 더운 날에는 거의 온종일 물에서 놀았기 때문에 지금도 물에서 노는 데는 자신이 있다.

배에 올라 강을 조금 내려가니 강물이 더 넓어진다. 이제는 좀 더 큰 사내아이들이 물놀이보다는 물고기를 잡는데 더 정신을 팔고 있는 모습들이다. 준비한 것들도 많다. 작은 솥을 들고 나왔는데, 솥을 걸친 간이로 만든 부엌에는 연기가 피어오르고 물고기를 잡아서 끓여먹으려는지 준비하는 것이 제법 분주하다.

배가 강을 따라 흘러서 산이 거북의 목처럼 쭉 뻗어 내린 곳에 이르자 언덕 아래를 도는 강물은 더 깊어지는데 화려한 유람선이 한 척 떠 있다. 배 위에서 사람들의 노랫소리와 악기소리가 들리는 것으로 보아 권세나 있는 귀족들이 모여서 늦더위를 피하러 뱃놀이를 나왔나 보다. 귀족들은 악사들과 기생들까지 데리고 유흥을 즐기며 뱃놀이를 하고 있다.

"어이 영감! 이리 가까이 와봐. 왜 벌건 대낮에 일은 하지 않고 한 가하게 뱃놀이를 즐기나? 자네가 6두품 귀족이라도 되나? 몰골을 보아하니 천하기 그지없는 행색인데."

"이보게, 무슨 그런 심한 말을 하나. 이렇게 좋은 날 물놀이 하고 싶은 마음이 없는 것이 이상하지. 저 사람을 보아하니 몸도 쇠약해 보이는 것이 휴식이 필요해 보이는 군. 이보시게 영감! 이리 가까이 와보시게!"

금정과 만교는 아무 말 없이 배를 저어 유람배에 가까이 갔다.

"부르셨습니까요?"

"뭐하는 사람이요."

"공장이입니다."

"하하, 공장이가 대낮부터 놀고자빠졌구먼. 우리 신라도 망쪼가 든 모양이야."

"공장이는 무엇을 주로 만드나?" 가까이 오라고 불렀던 공자가 불렀다.

"종을 만듭니다."

"아! 종을 만드는 공장이라고? 지금 성덕대왕신종을 만드느라 많이 바쁠 것인데 어찌 나와서 한가하게 뱃놀이나 하는가?" 비웃던 공자가 말했다.

"몸이 좀 안 좋아서 허락을 받고 나왔습니다."

"그래? 몸이 불편하면 집안에 처박혀 쉬어야지 왜 나왔어?"

"면목이 없습니다."

"종을 만드는데 어떤 일을 하는가?" 그 중 기품이 있고 점잖아 보이는 공자가 말했다.

"종의 문양을 새기기도 하고 불상을 만들기도 합니다."

"어느 종에 문양을 새기었나?"

"황룡사종에도 새겼고, 성덕대왕신종에도 새기고 있습니다. 며칠 간 허락을 얻어서 몸을 추스르고 있는 중입니다."

"정녕 자네들이 그 신종을 만든 사람들인가?"

"그러하옵니다."

"어허, 어제 박종일 대나마가 초청해서 갔더니 참으로 걸작이 만들어져 있더군. 정작 만든 사람이 없다 해서 내 누군지 궁금하고 보지 못해 서운했는데. 여기서 만나는군, 이리 오시오." 공자는 금정과 만교를 가까이 오게 했다.

"아, 이네들이 그 소문이 자자한 종을 만든 하전들인가? 출신은 그래도 재주는 타고났나 보네." 비웃던 공자가 계속 빈정댄다.

"그렇게 사람을 무안을 주면 되겠는가. 이들이 만든 종의 모양은 산처럼 웅장하면서도 섬세하여 보자마자 탄복이 절로 나왔다네. 필시 하늘의 재주를 타고났나 보이."

"그렇게 칭찬을 하는 것을 보니 나도 한 번 보고 싶구만."

"시간을 내어서 가보게 내 말이 빈말이 아니라는 것을 알 것이야."

"과찬에 어찌할 바를 모르겠습니다."

금정이 몸을 숙이며 송구해 하는데 점잖아 보이는 공자가 술잔에 술을 가득 부어 금정에게 주고 옆에 있던 기녀에게 맛있는 안주도 한 점 집어주게 했다.

"감사합니다. 공자님, 송구하오나 공자님의 함자를 여쭈어보아도 되겠습니까?"

"왜, 내 이름은 알아서 뭣 하려구?"

"저 같은 천한 것에 이렇게 칭찬을 해주시고 귀한 술까지 주시니 앞으로 종을 만들거나 불상을 세울 때 공자님의 공덕을 축원할 수 있게 해 주시면 감사하겠습니다."

"하하하, 됐소."

"어이, 한림랑 이름을 알려주게 축원을 해준다지 않나?"

"그만 하시게. 그동안 성덕대왕신종이 얼마나 실패를 많이 했는가. 이번에는 부디 자네가 만든 그 신묘한 종의 주종을 성공시켜 왕실의 근심을 덜어주시게."

"공장이 오늘 복 터졌네. 한림랑의 술잔을 받다니. 영광으로 알게."

"감사합니다."

다시 조금을 더 내려가니 강폭이 더 넓어지고 어떤 곳은 깊이를 알 수 없게 검푸르다. 강가에서는 낚시를 들이고 있는 노인도 보인다. 강물은 고요하다. 그저 강물에 배를 맡기고 흘러간다. 배가 김유신공의 묘소에서 가까운 언덕아래 강기슭에 이르렀다. 아주 높지는 않지만 바위가 나와 있는데 그 위로 꽃들이 피어있다.

"대공장님 저 바위 위에 핀 꽃이 참으로 보기에 좋습니다."

"그렇네. 보기에 참으로 좋아."

"저 꽃을 꺾을 수 있을까요?"

"왜?"

"그냥 보기에 좋아서요."

"군관댁 하녀에게 주고 싶은가?"

"무슨 말씀을 … "

"그런가 보네. 예전 같으면 자네가 손사래를 치며 펄쩍 뛰었을 것인데 그렇지 않은 것을 보니 조금씩 마음에 들기 시작했는가 보네."

"글쎄요. 처음에는 얼굴이 밉고 드세어서 멀리 도망 다니고 싶었는데. 변함없이 저를 위해주니 고맙기도 하고 마음이 끌립니다."

"그런가. 제대로 연분이 피기 시작하는 것이지. 내가 소리 한자락 할까?"

"무슨 소리를 하신다는 것입니까?"

"붉은 색 바윗가에

잡은 손의 암소를 놓게 하시고

나를 아니 부끄러워하신다면

꽃을 꺾어 바치오리다."

"그것은 대관령 신선이 지어서 수로부인에게 바쳤다는 '헌화가' 아닙니까."

"대관령 산신이 아니면 어떻고, 수로부인이 아니면 어떤가? 나도 저 꽃을 꺾어 우리 안사람에게 주고 싶네."

"그럼, 제가 저 꽃을 꺾어 올 테니 대공장님하고 저하고 나누어서 가지고 가지요."

"됐네, 만교가 다 가지고 가."

더 내려가니, 강은 더 넓어지고 쳐다보고 있으면 겁이 날 만큼 깊은 느낌이 온다.

"만교, 물밑에 무엇이 있을 것 같은가?"

"아무것도 보이지 않는데 제가 어찌 알겠습니까?"

"밑에는 수명이 다한 물고기의 시체도 있고, 물에 빠져 죽은 사람의 시신도 있고, 무서운 염라궁으로 사람을 빨아들이는 큰 구멍이 있어."

"에이, 그냥 강바닥이지요. 저는 어린아이가 아닙니다. 언젠가 큰 가뭄에 말라버린 강의 바닥을 본 적이 있었는데 아무것도 없었어요."

"내가 말한 염라궁으로 가는 길은 물이 가득해야 열리게 돼."

"왜 그러십니까? 몸이 오슬거리려 합니다." 만교는 손으로 몸을 비빈다.

"뭐 이런 것에 두려움을 느끼는가?"

"그냥 그렇다는 거지요."

"두려움을 이겨야지. 살다보면 내가 죽을 수도 있다는 두려움에 직면할 때도 있어. 그 두려움을 넘어야 하는데 대개는 도망가지." 금정은 알 수 없는 말을 하면서 강물에 손을 담근다.

"물이 아직은 차지요?"

"그래, 조금은 차게 느껴지네. 지금 물에 들어가면 얼마나 찰까?" 금정은 혼잣말을 하더니 갑자기 옷을 벗어던지고 강물 속으로 뛰어들었다. 만교가 미쳐 말릴 새도 없었다.

"조금 기다리게, 내 어디 좀 다녀옴세."

"어디를 갔다 오신다구요?"

"염라궁."

"무슨 뜬금없는 염라궁입니까? 빨리 나오세요. 아직 몸도 덜 추스르신 것 같은데 고뿔이 올 수도 있습니다."

"괜찮아, 다 회복되었다." 금정은 물속으로 들어갔다. 갑자기 자신이 왜 물에 뛰어들었는지는 잘 모르지만 푸른 물속으로 헤엄쳐 들어갔다. 계속 더 깊이 헤엄쳐갔다.

깊은 심연에서 누군가 자신에게 손짓하는 것이 느껴진다. 혹, 저승사자가 물속에서 기다리고 있는 걸까? 강물에 빠져죽은 어떤 사람이 억울하여 함께 가자고 다가오는 것일까? 아니면 오래전 병으로 잃은 딸아이가 저승의 어느 길목에서 부르는 것일까? 일부러 눈을 크게 떠 보았다. 물위에서 뚫고 들어온 햇살만이 물결 따라 일렁일 뿐 심연에는 아무것도 보이지 않는다.

얼마나 지났을까, 물이 차서인지 한기가 느껴지고 숨이 차서 더 이상 못 견디게 되자 금정은 조용한 몸짓으로 물위로 올라왔다.

"괜찮으십니까? 왜 갑자기 물에 들어가고 그러세요?"

"종을 다 만들고 나서 가슴에 무엇인가 자꾸 북받쳐 끓어올랐네. 나름 종의 형상을 이룬 환희일까? 아직 길들여지지 않은 조급함일까? 가슴을 식히고 싶었어. 여기가 강물이 아니고 천길 절벽이라도 뛰어내렸을 것이고, 저자거리였다면 옷을 다 벗어던지고 가슴이 터지라 소리치며 달려보고 싶었네."

"어린아이도 아니고 그 연세에 갑자기 물에 뛰어들면 어떡합니까? 귀에 물이라도 들어가면 어쩌시려고."

"아주 시원해. 주체할 수 없이 울렁거리며 가슴에서 끓어오르던 것이 다 식은 듯하네. 이제 다시 차분한 마음으로 일을 할 수 있을 것 같아."

집에서 며칠을 더 머문 후 금정은 종을 만드는 작업장에 다시 나갔다. 작업장에는 다른 공장들이 금정이 나오길 기다리면서 거푸집을 만들 준비를 하고 있다.

"밀납에 왜 아직 옻칠을 올리지들 않았는가?" 금정이 다른 공장에게 물었다.

"자네가 나오길 기다리고 있었네."

"왜?"

"자네가 며칠을 쉬는 동안 왕실과 궁궐에서 여러 사람들이 와서 종을 본다하기에 옻칠을 바를 수가 없었네."

"그런가."

"그리고 왕실에서 오신 분이 한림랑 김필해 나리와 다른 분에게 글을 쓰게 하여 종에 새길 글을 써 오셨네."

"그래? 어느 해에 왕실에서 시주를 하고 우리 대나마님이 주종을 했다고 간단하게 새기면 되지 않은가?"

"그게 아닐세. 글이 보통 많은 것이 아닐세. 잘 만들었다고 찬하는 글과 종을 주성하게 된 경위를 자세하게 썼다고 하네. 웬만한 비석에 한가득 들어갈 분량이네."

"그 글이 어디에 있는가?"

"대나마님이 가지고 계시는데 자네가 나오길 기다리신다네."

"내가 없어도 적당한 곳에 자리를 잡으면 되지 않은가?"

"이따가 대나마님이 나오시거든 그때 판단하시게."

그때 박종일 대나마가 작업장 안으로 들어온다.

"금정이, 마침 나왔구먼. 그래 푹 쉬었는가?"

"덕분에 몸의 기력을 많이 회복하였습니다. 새겨야 할 글이 많다면서요?"

"응, 다들 종에 대한 칭찬이 많았네. 왕실에서도 보시고 흡족해 하시어 이를 후세에 길이 전하고자 종에 직접 글을 새기도록 명하셨네. 한번 보게." 박대나마가 금정에게 글을 보여주었다. 금정이 글을 받아서 읽어 내려간다.

"참으로 명문장입니다. 성덕대왕님의 덕과 이 종을 만드는 의의를 너무나 훌륭하게 쓰셨습니다. 과연 한림랑의 문장은 인품만큼이나 훌륭하군요."

"한림랑을 아는가?"

"얼마 전에 우연히 뵌 적이 있습니다. 그 짧은 시간에 이런 명문장을 지으시다니."

"이렇게 어려운 글도 금방 해독을 하니 자네도 참 대단하네."

"별말씀을 다 하십니다."

"나는 어려워서 잘 모르겠던데 좀 알려주겠나?"

"성덕대왕신종지명聖德大王神鐘之銘. 조산대부 겸 태자 조의랑 한림랑 김필해는 왕의 명을 받들어 종명을 짓습니다. 너무 긴 문장이오니 전체적인 의미를 말씀드리겠습니다.

'지극하고 참된 진리의 소리는 보이지도 않고 들리지도 않으나 중생들이 보고 들을 수 있게 이 신종을 만든다. 이 신종의 소리는 한 번 들으면 곧바로 진리의 세계에 도달하는 신비의 둥근 소리 일승원음

一乘圓音이다.

종은 부처님의 나라에서 카니시카왕 때에 시작되었고, 중국 고鼓 연延이 처음 만들어 비롯되었다. 이 신종에 삼가 대왕의 높으신 뜻을 새겨 백성들이 괴로움에서 벗어나서 복을 받게 하려는 소원을 적는다.

성덕대왕의 덕은 천하의 그 어떤 것보다 높고 깊으며 밝게 빛난다. 예와 악으로 나라를 다스리시니 신하는 어질고 충성스럽고, 백성들은 즐거이 농사에 힘쓰고, 물건을 파는 자는 속이지 않는다. 사람들은 사치와 허영을 싫어하고, 글과 인품을 숭상한다. 왕께서는 내 몸의 영화에는 아랑곳 않으시고 욕심을 경계하시면서 한 번도 전쟁으로 백성들을 놀라게 하지 않으셨다.

사방의 이웃나라들이 우리 신라를 공경하고 부러워하니 이를 어찌 중국의 여러 나라들이 서로 패권다툼을 한 일들과 비교를 할 수 있는가. 경덕대왕께서 부모님을 제대로 모시지 못함을 슬퍼하시다가 구리 12만 근을 들여 정성을 다했으나 뜻을 이루지 못하시었다.

이제 새로 보위에 오르신 우리 왕께서 그 뜻을 이어서 덕치를 펼치시니 더욱 나라 안에 빛난다. 왕의 덕은 구슬처럼 찬란하게 빛나고 우레처럼 퍼지니, 장안에 서기가 가득하고 그 은혜가 산천초목에도 풍성하게 열린다. 이는 선대의 왕들에게 보답하는 길이다.

태후께서는 땅처럼 평온한 성품으로 백성들을 어질게 보살피시고 하늘 거울 같은 영명한 마음으로 부자간에 있어 효도하시기를 권하시었다' 대충 이렇습니다."

"다른 편에는 무엇이라 쓰였는가?"

"이 종의 모양이 참으로 좋다는 글입니다. 대나마님과 여러 주종 박사님들의 함자도 쓰여 있습니다."

"자네의 이름은 없는가? 내 아뢰었는데."

"어찌 소인 같은 하전의 이름이 있겠습니까. 지난번 황룡사종에서 어느 댁 하전으로 써주신 것만도 황공한 것이지요."

"어허 흠흠 쩝, 다른 편 글의 내용을 말해 보시게."

"하늘 왕이 계신 곳에 만상이 걸렸는데
누렇게 사방이 열렸어라.
산과 강이 진치고 있으매
나누어져서 넓게 뻗어감이라.

동해 바다 위
신선이 숨어 있다는
복숭아 골짜기와
부상의 경계까지도
우리 신라와 하나로 합쳐졌네.

어지신 성덕대왕
대를 이어 보듬어 새로우니
묘하고 맑게 드러남이
이르지 않는 곳이 없다.
크신 은혜

멀리까지 만물에 고루 내리시니
무성한 나뭇잎처럼 많은 자손
만세평안 아니런가.

근심구름 홀연히 슬프게 하니
밝은 해는 봄날조차 비추질 않는다.
공경으로 효도함을
이어서 계승하고
풍속을 다스림이 예와 다름없으니
옛것을 어찌 어기리오.

날마다 대왕의 엄한 훈육을 되새기고
언제나 태후의 빛나는 자비로움을 그리워하여
더욱 쌓은 공덕 하늘 종으로 비옵니다.
거룩하셔라 태후시여
감응 성덕 가볍지 않고
보배롭고 상서로움이 자주 비치고
신령의 보살핌이 매일 일더라.

대왕이 어지시니 하늘이 도우시고
시절이 태평하여 나라가 평안하더라.
오직 정성으로 선대를 사모하니
따르고자 하는 소원 이루어졌네.

남기시고 가신 말씀 돌보아
종을 만드니
사람과 신령이 힘을 보태어
보배로운 그릇이 모양을 이루었다.
능히 마귀들이 항복하고
어룡을 얻으리로다.

위세가 해 돋는 곳에 진동하고
맑은 음은 북방의 끝까지 울리네.
보는 이 듣는 이 모두 믿으니
향기로운 인연 바르게 심었네.

둥글고 빈 신령스런 몸체는
곳곳이 성스러움을 드러낸다.
길이길이 홍복이고
영원토록 계속되라."

"글의 내용이 웅장하기 그지없구나."
"대나마님도 만세토록 명성이 빛날 것입니다."
"허허허"
"그나저나 이렇게 많이 새겨야 하니 걱정입니다. 황룡사종에는 몇
자 새기지 않았는데요."

"그래도 어쩌겠나. 어디든 새겨야 하지 않겠는가?"

"시작할 때부터 어느 정도 예상하고 종의 옆에 자리는 마련해 두었습니다만 이렇게 많은 글을 넣으려면 글씨를 아주 작게 해야 할 것 같습니다."

"밀납으로 글씨를 만들어 붙여야겠는가?"

"우선은 종의 옆면 여백 크기에 맞는 종이에 글을 옮겨 써서 그 종이를 밀납에 대고 글씨를 따라 눌러서 써야지요."

"음각으로 새길 것인가?"

"음각으로 할 수도 있고, 아니면 나중에 흙의 거푸집을 구웠을 때 글씨의 흔적을 따라서 다시 새기면 양각이 될 것 같습니다."

"흙이 너무 구워져서 너무 단단하면 글을 새기기가 여간 힘들지 않을텐데, 어떻게 하나?"

"거푸집을 일차로 굽는 것은 그렇게 많은 불을 주어 굽는 것이 아니기에 글을 새기는 안쪽까지는 그리 단단해지지 않을 것입니다. 어차피 일차로 구운 후 거푸집의 안쪽 상태가 어떤지를 확인해야 하니 그때 글을 양각으로 바꾸어 새긴 후 다시 거푸집을 제자리에 놓고 뜨거운 쇳물을 받을 수 있게 단단하게 구우면 될 것입니다."

금정이 글을 쓴 종이를 밀납으로 된 종신에 적당히 자리를 잡고 종이에 쓰인 글을 따라 밀납 위에 글씨의 흔적을 만들었다. 하지만 글씨들이 너무 작아서 주종 이후에도 남아있을지가 걱정이다.

"이렇게 쓰면 흙반죽으로 입혔을 때 글씨가 잘 보일까?"

"걱정입니다. 아무래도 거푸집을 초벌구이 한 후 다시 양각으로 제대로 새겨야 할 것 같습니다."

"이제 천판에 쇳물을 부어 넣는 탕구와 연기가 빠지는 길을 만들어야지. 기둥 몇 개를 세워야 할까?

"열 개는 해야 안 되겠습니까?"

"그렇겠지. 열 개는 되어야 쇠가 식으면서 수축되어 끌어당기는 쇳물을 감당할 수 있겠지. 쇳물이 들어가는 탕구는 좀 더 크게 해야지."

종두 용머리와 만파식적이 얹혀있는 천판의 무늬가 없는 부분에 빙 돌아가면서 만파식적보다도 높고 종아리보다도 굵은 밀납 기둥들을 세웠다.

"이 기둥들은 무엇입니까?"

"나중에 쇳물을 부으면 쇳물이 요동을 치게 되는데 그때 쇳물 속에 바람이 들기 쉽고 또 쇳물의 열기로 거푸집 속에 있던 공기가 팽창을 하는데 그것들이 빠져나와야 하는 통로를 마련해 주어야 종신에 흠집이 생기지 않게 되지. 그리고 쇳물은 식으면서 줄어들게 되는데 마지막으로 줄어드는 부분이 종의 머리 부분이므로 쇳물이 줄어들면서 모자라게 되는 쇳물을 보충하는 역할을 하기 위해서도 이 기둥들을 크게 세워야 해. 마지막으로 이 기둥들을 통하여 쇳물이 차올라오는 것을 보고나서야 쇳물이 제대로 부어졌는지를 알 수가 있다."

금정이 천판에 기둥을 세우고 나자 다른 공장들이 밀납 위에 검게 옻칠을 하고, 구덩이 속에 화로를 놓고 물을 담은 솥을 올려 따뜻하면서도 습기가 가득하게 만든 후, 온기가 새지 않게 구덩이 위에 거적을 덮었다. 이제는 함께 일을 하는 사람들이 열 명이 넘는다.

옻칠은 밀납 종신 위에 칠한 후 며칠 만에 단단히 굳었다. 이제 종의 거푸집을 만들 차례이다.

"거푸집을 만들 배합 흙은 잘 준비해 놓았는가?"

"종이 커서 배합토를 만드는데 아주 힘이 많이 들었네. 한 번에 할수 없으니 우선 한 단을 쌓아올리고 연후에 다시 쌓도록 하지."

"그렇게 함세. 흙을 한 번에 쌓아 올라가면 자칫 무너질 수 있으니두 번에 나누어 쌓아야지."

"초벌 배합토는 잘 고른 황토, 백토와 구운 석회가루를 섞은 흙에 잘게 빻은 삼실을 물에 풀어서 섞어서 만들었네."

"삼실이 너무 굵으면 나중에 종의 표면에 날카로운 실의 흔적이 남으니 아주 고와야 하는데."

"걱정 말게. 죽처럼 완전히 갈아버렸으니."

"두벌 배합토는 조금 굵은 황토, 백토, 모래와 석회 그리고 다른 흙들을 잘게 빻아서 만든 짚과 섞으면 더 좋을 것인데."

"대공장님 백토는 무슨 흙입니까?"

"그릇을 만드는 고령토를 말하네."

"석회는 왜 쓰십니까?"

"틀을 빠르고 단단하게 굳혀서 모양을 잡는데 이롭지."

"빻은 삼실과 짚은 어디에 쓰십니까?"

"흙이라는 것이 마르면서 갈라지게 마련이지. 흙들이 서로 얽혀서 조금이라도 덜 갈라지라고 넣은 것이네. 그리고 짚은 바람구멍을 가지고 있어서 쇳물 속에 들어있는 뜨거운 바람이 빠져나가게도 해.”

“초벌을 먼저 바르고 좀 쉬었다가 바릅니까?”

“아닐세. 초벌이 너무 말라버리면 두벌과 분리가 되어버리니 초벌이 굳기 전에 거의 동시에 두벌을 발라나가야 한다네. 그래서 이 과정에서는 여러 사람들이 힘을 합쳐서 빠른 시간 안에 두께를 올려야 한다네.”

“초벌과 두벌만으로 되겠습니까?”

“초벌이라고 붓으로 아주 얇게 바르는 것이 아니고, 밀납에 새긴 형태가 잘 찍히도록 부드러운 배합 흙으로 촘촘히 바른 후 다시 어느 정도를 두께를 올려야 해. 그리고 바로 두벌을 올리는데 두께가 열 치는 되도록 배합토를 쌓아야 하네. 흙을 쌓으면서도 다진다는 기분으로 단단하게 누르면서 쌓아가야지.”

“단단하게 하기 위해 세게 누르다보면 밀납으로 새긴 문양이 긁히지 않습니까?”

“옻칠을 올리지 않았었나. 옻칠이 생각보다 튼튼하다네.”

“그래도 힘을 많이 주면 찌그러지기도 할 것인데요?”

“그러니 처음에는 조심을 해야지.”

“자, 바르기 시작하세.”

금정의 말이 떨어지자 작업장 안에 있던 공장들이 일시에 달려들어서 죽처럼 만들어 놓은 초벌 배합토를 바르기 시작한다. 첫 번째 초벌이 오르기 시작했다. 종의 중간쯤, 연뢰대의 바로 아래까지 순식

간에 쌓아가더니, 다시 한 번 초벌을 올린다. 초벌 두께가 꽤 두껍다. 곧바로 입자가 굵은 두벌 배합토를 바르면서 맨손으로 또는 쇠로 만든 흙손을 이용해서 눌러가면서 두께를 준다. 금정과 공장들은 흙의 반죽의 정도가 어떤지 면밀히 검토하면서 혹시나 무너지지는 않을까 조심을 하면서도 과감하게 흙을 붙여나갔다. 연뢰대 아래까지 쌓은 후 흙의 두께를 보니 10치는 충분한 것 같다. 쌓은 흙의 윗면을 깨끗하게 정돈하고 어느 정도 굳힌 다음 연뢰대 위로 다시 쌓을 준비를 하고, 중간쯤에 2치 정도 튀어나온 돌기들을 거푸집을 빙 둘러가면서 만들고는 일을 마친다.

"하루 동안에 일 차로 쌓은 것을 끝내었네요."

"이 일은 금방 해치우지 않으면 나중에 흙이 서로 잘 붙지 못하고 분리되기 때문에 물기가 말라서 층을 이루기 전에 그 다음 흙을 발라야 하니 서두르지 않으면 안 되지."

"연뢰대 위로는 언제 다시 합니까?"

"오늘 바른 흙이 위에 바르는 흙의 무게를 견딜 만큼 굳기를 기다려야지."

"거푸집에 빙 둘러가면서 튀어나온 돌기는 왜 만듭니까?"

"나중에 거푸집을 굽고 나서 밀납의 모양이 제대로 나왔는지 확인하기 위해서 이 거푸집을 들어보아야 하는데 그때 거푸집을 묶어 들어 올리는 밧줄이 걸리게 하는 것이라네."

"이 거대한 것을 어떻게 들어 올립니까?"

"지금으로서는 못 들어 올릴 것 같지만 나중에 이것을 불에 굽고 나면 물기가 완전히 빠져나가고 단단해져서 밧줄을 걸어 많은 사람들이 힘을 합쳐서 조심해서 들어 올리면 돼."

"그때는 병사들이 와야겠습니다."

"밧줄과 활차滑車의 힘을 빌리면 의외로 쉽게 할 수 있어."

"이렇게 열 치밖에 안된 젖은 흙이 마른다고 그렇게 단단해지나요?"

"걱정 마. 흙이라는 것이 생각보다 잘 견뎌주네. 대신 아주 조심해야 돼."

금정이 만교와 대화를 하다가 머리를 갸웃갸웃거린다.

"왜 머리를 갸웃거리십니까?"

"귀가 간질간질 하네, 가끔씩 통증도 있고."

"왜 그렇습니까?"

"강물에 들어갔을 때 귀에 물이 들어갔나?"

"이리 와 보세요."

"좀 봐주시게."

"정말로 물이 들어간 것 같습니다. 진물이 나오는 것 같습니다."

"괜찮아지겠지."

"이름 있는 의관정구자醫官精究者를 찾아서 빨리 치료를 하세요. 심해지면 큰일입니다."

"알았네."

"꼭 가보이세요."

"염려 말게."

금정은 귀가 조금씩 아파왔지만 가끔씩 물을 빼내면 시원한 느낌이 들어서 대수롭게 생각하지 않았다. 그런데 며칠 뒤부터 귀가 더 아파오고 다른 사람이 말을 하면 웅웅거리며 잘 들리지 않았다. 걱정이 많이 되어서 의관에게 보이니 너무 늦었단다. 어쩌면 귀를 먹게 될 수도 있다고 했다.

8월, 모후가 신하들을 위하여 월지에서 연회를 열었다.

흙으로 종의 거푸집을 만들고는 바람에 마르게끔 작업장의 문을 열어 놓고 말리니 깨끗한 가을바람에 흙이 단단하게 말라갔다. 각 지역에서 거둔 놋쇠들이 작업장 구석에 계속 쌓였다. 숯을 실은 마차가 오고 탄을 실은 마차가 오고, 장작을 실은 마차도 왔다.

9월, 풍년이 들었다. 사신을 당에 보내 조공하였다. 이찬 김양상을 상대등으로 임명하였다.

탄을 싣고 오던 마차가 계곡에서 굴러 말이 죽고, 마부가 크게 다쳤다. 성덕대왕신종에 필요한 놋쇠가 다 준비되었지만 봉덕사 화주승들은 사람들의 동참을 요구하며 더욱 분발을 하여 시주를 구하러 다닌다.

비교적 한가한 작업장에 간혹 금정이 나와서 거푸집이 잘 말랐는지 만져보고, 밑에 설치된 아궁이에 문제가 없는지 살핀다.

작업장 안으로 바람을 잘 들게 하여 거푸집을 말린지 한 달이 훨씬 지났다.

"거푸집이 단단하게 굳고 마른 것 같은데, 이제 어떻게 합니까?" 만교가 금정에게 묻는다.

"밀납을 녹여내야지."

"어떻게 녹입니까?"

"종 안쪽의 중자로 통하는 아궁이를 통하여 불을 지피면 열기가 올라가면서 밀납이 녹아서 팔곡 밑에 만들어 놓은 구멍을 통해서 다 빠져나오게 돼."

"위가 막혔는데 불이 탈까요?"

"그래서 만파식적을 통하여 연기구멍을 만들지 않았나. 중자 안에 는 숯과 탄이 가득 차 있네."

아궁이에 불을 붙이자 곧 중자 속에 들어있는 숯이 타기 시작하면 서 벌겋게 달아오르더니 거푸집 꼭대기에 있는 만파식적을 통해서 연기가 나오기 시작했다. 하루가 지나자 거푸집 밑으로는 녹은 밀납 이 흘러나오기 시작하고 완전히 바짝 마른 것 같았던 바깥의 거푸집 에서 김이 모락모락 나는가 싶더니 열기가 전해져 왔다. 거푸집 팔 곡 밑 8군데에 큰 그릇들을 받쳐 흘러나오는 밀납을 받았다. 밀납이 귀하기 때문에 다시 모아야 하는 것이다. 계속 쉬지 않고 불을 지피 니 밀납 녹은 물이 콸콸 쏟아진다. 또 하루가 지나면서 종의 거푸집 이 점점 뜨거워지면서 밀납도 계속해서 흘러나온다. 그러기를 사흘, 아침저녁으로 찬 기운이 도는 가을의 날씨이지만 작업장 안은 열기 로 가득 찼다.

밀납이 더 이상 흘러내리 않자 이제는 거푸집 주위로 열에 강한 전돌을 쌓아서 거대한 무덤처럼 가마를 만들었다. 아직은 거푸집이 약해서 불로 구워 단단하게 하려는 것이다. 거푸집을 에워싼 실로 왕릉처럼 거대한 가마가 만들어졌다. 밑에 불을 넣는 입구가 사람이 들어갈 수 있을 정도로 크다. 가마의 아궁이 입구 안쪽에는 타오르는 불길이 직접 거푸집에 달려들지 않고 돌아서 들어가 가마 안 전체에 골고루 열이 전달되도록 벽을 세웠다.

10월, 산짐승들이 왕경 거리를 무리지어 다니며 울음을 내고, 황룡사종이 저절로 울리는 일이 있었다.

거푸집을 덮은 가마가 만들어지고 불을 넣기 전, 아궁이 앞에 간단한 제사상을 마련하였다. 대나마와 박사들, 공장들이 모두 모여서 천지신명께 절을 올리고 박빈내 나마가 기원문을 읽었다.

"신해년 시월, 대나마 박종일과 주종박사와 모든 공장들이 삼가 부처님과 천지신명께 고합니다. 무신년 경덕대왕께서 주종을 시작한 이래로 승하하신 성덕대왕의 명복을 빌고 왕실의 안녕을 위한 신종의 형상을 신명을 바친 정성으로 만들어 이제 그 틀을 구우려 합니다. 부디 성덕대왕신종을 담을 수 있는 큰 그릇이 무탈하게 나올 수 있게 이 거푸집에 마가 들지 않도록 지켜주시기를 모든 공장들의 간절한 마음을 모아 기도드립니다."

대나마가 맨 먼저 불을 넣었다. 첫 날과 둘째 날은 불은 크게 키우지 않고 작은 불을 때면서 거푸집이 서서히 열을 받도록 했다.

두 번째 들어가는 불은 좀 더 크게 키웠다. 이제는 거푸집이 열에 익숙해졌기 때문이다. 서서히 불을 올리고 다음 날부터는 장작이 아궁이에 바쁘게 들어갔다. 그렇게 삼일을 굽고 나서 불을 끄고 가마 안을 식혔다.

닷새 정도 식힌 후 금정이 가마에 들어갔다. 들어서자마자 열기로 몸에서 땀이 비 오듯 한다. 거푸집에는 문제가 없는지를 살폈다. 작게 벌어진 실금이 발견되기도 했지만 그것은 큰 문제가 되지 않는다.

며칠을 더 식힌 후 조심조심 가마를 뜯어내었다. 가마는 나중에 다시 쌓아야 하기에 거푸집이 빠져 나올 수 있도록 윗부분만 뜯어내었다.

금정이 단단하게 구워진 거푸집을 손톱으로 긁어 보았지만 잘 긁히지 않았다. 거푸집이 잘 구워진 것을 확인하고는 거푸집 표면의 튀어나온 돌기 아래로 빙빙 둘러 굵은 줄을 감고, 감은 줄을 다시 튼튼한 줄로 여러 곳을 묶어 활차滑車에 걸었다. 아래 위 두 단으로 만들어진 거푸집을 들어 올려 내부 상태를 확인해야 하는 것이다.

활차에 걸린 줄을 회전틀에 걸어서 여러 사람이 힘을 합하여 당겨 올리니 그 육중해 보이던 거푸집 중간으로 쩍! 하고 금이 가면서 상단 거푸집이 위로 올라왔다. 거푸집 상단이 올라오자 종의 내부가 보이는데 중자 꼭대기 종두를 만들기 위해 만파식적 토관에 묶었던 나무막대기들만 매달려 있고 밀납은 깨끗이 사라졌다. 간간이 아직 떨어지지 않은 옻칠 박막이 뿜어 나오는 열기에 하늘거린다.

거푸집을 매단 활차가 달린 줄을 더 이상 움직이지 않게 단단히 육중한 나무틀에 붙들어 매고 밀어서 옆으로 옮겼다. 금정이 거푸집 안에 들어가 상태를 살핀다. 식었지만 남은 열기에 얼굴이 후끈거린다. 거푸집이 굽히면서 곳곳에 잔금이 갔고, 몇몇 모서리 진 곳에는 조그만 흠이 있지만 보수하면 되기에 크게 문제가 될 정도는 아니다. 종두의 만파식적과 용의 아가리 안쪽을 살피니 넓은 면이 없어서 그런지 갈라진 금이 거의 보이지 않는다. 그래도 혹시라도 벌어진 금에 문제가 없는지 하나하나 꼼꼼히 확인을 하고는 부드럽게 만든 바닥에 고이 내려놓았다.

다시 하단 거푸집에 줄을 걸어서 이것을 당겨 올렸다. 역시 바닥에서 쩍! 하고 떨어지는 소리가 나더니 육중한 거푸집 하단이 들려 올라왔다. 맨 아래의 팔곡이 부서지지 않도록 아까보다 더 조심해서 바닥에 내려놓았다.

금정이 그 속으로 들어가 자세히 내부의 벽을 살핀다.

"왜 이렇게 불에 구운 것입니까?" 만교가 물었다.

"뭐라구?"

"왜 이렇게 불에 굽느냐고요!" 만교는 외치다시피 물었다. 금정의 귀는 아픈 이후로 옆에서 크게 소리를 쳐야만 간신히 듣고 대답을 할 지경에 이른 것이다.

"거푸집을 구워야 전돌처럼 단단해져서 이렇게 들어 올려도 깨어지지 않고, 밀납이 잘 빠졌는지, 깨어진 곳은 없는지 안쪽의 사정을 살펴 볼 수 있지."

"잘된 것 같습니까?" 다시 만교가 크게 외친다.

"다행히 아주 좋은 상태를 유지하고 있다. 나중에 다시 구워야 되는데 그때만 잘 견디어 주면 문제가 없을 것이야."

"나중에 다시 굽다니요?"

"지금은 밀납을 녹여내고 흙을 제대로 굽기 전에 초벌로 굽는 과정이지만 쇳물을 받아내는 거푸집은 훨씬 높은 온도에서 구워내야지."

"양쪽에 새긴 글씨는 어떻습니까?"

"이제 표시한 글씨를 따라서 제대로 새겨야지. 칼을 가져오게."

"어떤 칼을 쓰시나요?"

"글씨를 새겨야 되니 끝이 날카로우면서도 가늘어야지."

"송곳은 어떻습니까?"

"뭐라구?"

"송곳은 어떠냐구요!"

"끝이 둥글게 날이 선 송곳!"

"알겠습니다."

거푸집 속에서 금정은 쓰여진 글씨의 선을 따라서 혹시나 획수가 삐뚤할까 조심조심 칼로 글을 새겨나갔다. 아무리 글씨가 쓰여 있어도 거꾸로 새기기 때문에 한 자를 새길 때마다 획의 방향을 유의해서 칼을 움직여야 한다. 며칠간 정신을 집중하여 글씨 새기는 일이 끝났다.

글씨 새기는 일을 끝낸 금정은 얼마나 긴장을 했었는지 칼을 던지

다시피 만교에게 전해주고는 자리에 털썩 주저앉아 긴 한숨을 내쉰다. 마침내 신종에 새기는 일이 모두 끝난 것이다. 이제 거푸집을 원래대로 잘 맞추어 다시 구워서 쇳물을 잘 녹여 부으면 된다.

"아이구, 이제 다 되었어."

"수고하셨어요!"

"만교도 수고가 많았어. 이제 종의 모양을 만드는 것을 알 수 있겠지?"

"예! 그런데 아직 쇠를 다루는 법은 잘 모르겠어요!"

11월, 겨울인데도 날씨가 따뜻하여 꽃이 피는 나무가 생길 정도이다. 봉덕사 근처에는 겨울에 잘 보이지 않던 새들도 많이 날아들었다.

거푸집은 다시 원래의 위치로 놓여졌다. 뜯어냈던 가마의 상단부를 다시 막았다. 첫째 날은 불은 크게 키우지 않고 거푸집이 서서히 열을 받도록 했다. 둘째 날부터 들어가는 불은 한껏 키웠다. 거푸집이 열에 익숙해져서 아주 센 불도 받아줄 수 있기 때문이다. 불길이 빨려 들어가는 가마 안쪽이 활활 타오르는 불길에 가려서 아무것도 보이지 않았다. 삼 일부터는 그동안 타고나서 쌓인 장작의 숯불이 많아서 새로 들어가는 장작이 줄어든다. 아궁이 안쪽으로 보이는 거대한 거푸집은 색이 붉게 바뀌었다. 이제 거푸집에서는 문제가 발생하지 않는다. 그리고 다시 칠 일을 식히고, 거푸집을 둘러싼 가마의 상단부를 해체하였다.

그리고 많은 사람들이 힘을 합쳐서 거푸집이 들어있는 가마의 빈 공간과 이 구덩이 전체를 흙으로 메워야 한다. 쇳물이 워낙 뜨겁고 무거우니 어디로 삐져나갈지 모르니 아예 구덩이 전체를 흙으로 채워서 거푸집을 고정시키는 것이다. 습기가 많은 흙을 거푸집 근처에 채우면 애써 구운 거푸집이 허사가 되어버리기 때문에 거푸집 옆에는 미리 준비해둔 바짝 마른 흙을 채우고 멀리 떨어진 곳에는 어떤 흙으로 채워도 상관이 없다.

12월, 감은사종과 진여원종이 저절로 울렸다. 물고기와 자라가 북천으로 떼로 모여들고, 성덕대왕릉에서는 밤에 빛이 나올 때가 있었다.

12월이 되어서야 쇳물을 부울 준비가 끝났다. 금정과 만교가 흙 다지는 일을 끝내고 나오니 늦은 첫눈이 내리고 있다.
"일이 잘 되려나, 이렇게 맞추어 눈이 내리니."
"그렇습니다. 하늘의 비천이 뿌리는 것인가 봅니다."

박빈내 나마가 종에 쇳물을 부을 준비가 끝나자 금정을 찾았다. 박종일 대나마는 주종에 대한 박사이지만 직접 일을 하는 경우는 드물고 차박사인 박빈내가 모든 일을 지휘하고, 금정을 비롯하여 일에 익숙한 공장들이 알아서 각자의 일을 해 나가는 것이다.
"그동안 수고가 많았다." 박빈내의 목소리가 모기소리 만하게 금정의 귀에 들렸다.

"마땅히 제가 해야 할 일인데요."

"그런데 지금까지 종의 형상을 만드는 것은 자네를 믿었기 때문에 큰 걱정을 하지 않았으나 이제 남은 쇳물을 붓는 것은 참으로 걱정이 된다네. 인력으로 알 수 있는 것이 아니지 않는가. 시일이 갈수록 걱정으로 잠을 이룰 수 없다네."

"무슨 말씀이신지 … "

"아니, 금정이, 내말을 못 알아들었는가? 쇳물을 부을 걱정에 마음이 무겁다는 말일세."

"나마님!" 만교가 박빈내를 부르며 다가왔다.

"만교가 무슨 일인가?"

만교는 금정이 뱃놀이 이후에 귀에 문제가 발생하여 지금은 크게 말하지 않으면 잘 듣지 못할 정도라는 것을 말해주었다.

"어째, 그런 일이 있었나. 이렇게 훌륭한 종을 만들어 놓고 종소리를 듣지 못하게 되는 것은 아니겠지?"

"듣더라도 가늘게 들리겠지요."

"저런 쯧쯧! 어쩌다가."

박빈내 나마가 금정의 사정을 듣고는 애처로워하는데 금정은 눈치로 보아 만교가 박빈내에게 자신의 귀가 제대로 들리지 않게 되었다는 것을 말해주자 박빈내가 안타까워하는 표정을 읽고는 멀뚱하게 서서 하늘만 쳐다보고 있다. 금정의 사정을 들은 박빈내는 한참을 망설이더니 만교를 데리고는 어디론가 갔다. 만교를 작업장에서 데리고 나와서 북천 강가로 갔다. 박빈내의 말을 듣던 만교는 갑자기 놀라는 표정을 한다.

나마에게 무슨 이야기를 들은 만교는 잠을 못자고 뒤척거린다. 아무에게도 사실을 말하지 말란 당부를 단단히 받았다. 이 이야기를 금정에게 하면 무어라 할지도 걱정이다. 인신공양이라니! 아무리 주종의 성공을 놓고 마음을 졸여도 사람을 바칠 생각을 한다니, 두려움이 만교의 뇌리를 엄습했다.

박빈내가 만교에게 말한 사실은 이랬다. 지금까지 세 번이나 주종에 실패하여 왕실과 예부에서는 걱정이 많단다. 이번에는 무슨 일이 있어도 성공을 해야 하는데 어떻게 될지 알 수가 없다. 이미 오래전에 없어진 인신공양의 의식이라도 치르면 어쩌면 무사히 성공을 하지 않을까 하는 간절함이다.

아무도 인신공양을 실제로 행하리라고 생각하지 않았지만 얼마 전 놋쇠를 시주 받으러 다니던 봉덕사 화주승이 어떤 가난한 집에 가서 놋쇠를 요구하니 그 집 아낙이 불같이 화를 내며 '정말 줄 것이 없는데 어떡하란 말이냐 내게 있는 것은 저 병신 같은 딸년 하나밖에 없으니 저년이라도 데리고 가서 놋쇠로 바꿀 수 있다면 속이 시원하겠다'라는 악담을 퍼부었다. 화주승이 집안을 둘러보니 과연 한 구석에 정말로 모자라 보이는 여자아이가 있는데 어디가 아픈지 비쩍 말라서 몰골이 말이 아닌지라 불현듯 이것이 부처님의 뜻일까라는 생각이 들어서 그 여자아이를 데려가 치료하여 절집 공양간에서 잔심부름이나 시키면서 거두어주려고 했다.

그런데 절에 온 그 아이는 오히려 병이 깊어져서 이제는 거의 죽은 목숨이 되었다는 것이다. 게다가 그 스님의 꿈에 그 아이는 종에 들어가야 할 운명이라는 현몽이 자꾸 나타나서 이상하다 생각하여 박종일 대나마를 찾아가 만났다. 박종일 대나마도 며칠 전, 주종 일이 무척 걱정이 되어서 신전에서 기도를 올렸는데 인신공양이라는 신탁이 나와 고민을 많이 하고 있다고 했다. 스님도 자신의 꿈 이야기를 하니 두 사람은 이것이 이상한 인연이 아닌가 하는 생각이 들었다는 것이다.

봉덕사에서는 그 여자아이의 병을 고치려고 백방으로 노력을 해보았지만 어떠한 약도 효험을 보지 못한 가운데 이런 이상한 일까지 생기니 정말로 신종이 인신공양을 원한다고 결론을 내리게 된 것이다. 혈제血祭! 먼 옛날부터 사람이 신에게 피를 바치는 최고의 의식이다.

이 사실을 금정과 의논하려고 했는데 금정의 귀가 잘 안 들린다 하니 늘 금정과 같이 일을 하는 만교에게 그 일을 시키려는 것이다. 이것은 이미 오래전에 국법으로 금지된 것이니 극비리에 처리해야 한다. 이일을 아는 사람은 스님, 박종일 박사, 박빈내 차박사 그리고 만교뿐이어서 쇳물을 붓는 날 그 아이를 싸서 쇳물을 녹이는데 좋은 것이라 하여 아무도 알아차릴 수 없게 인신공양의 희생물을 바치자는 것이었다.

만교는 마음의 갈등이 심하여 이러지도 저러지도 못하고 있었다.

"만교야, 요즘 얼굴에 수심이 가득한데 무슨 걱정이 있는가? 준비는 끝났고 쇳물을 붓고 천명만 기다리면 되는데."

"쇳물 붓는 날은 정했는가요?" 만교가 크게 외치며 묻는다.

"모든 준비가 끝났으니 수일 내에 부어야지. 구운 거푸집을 땅속에 너무 오래 묻어놓으면 습기가 차게 되어 자칫 헛공사가 돼." 비록 금정의 귀가 잘 들리지 않지만 만교와는 서로 너무 익숙하여 웬만한 손짓만 있어도 그 뜻을 알아차릴 수 있었다.

"이렇게 큰 종에 들어갈 쇳물을 녹이려면 용광로를 여러 개 해야겠어요."

"쉽게 녹이려면 대여섯 개가 필요하겠지."

"쇠는 어떻게 녹이나요?"

"이렇게 많은 쇠는 작은 도가니에 녹이는 것이 아니라 큰 용광로에 쇠와 탄을 같이 넣고 태워서 그 열로 쇠를 녹이는 방법으로 하는 것이다."

"바람을 불어넣는 일도 보통이 아니겠어요?"

"보통 풍구로는 힘들어. 탄을 태우러 들어갔던 바람이 뜨겁게 되어 빠져 나가게 되는데, 그 뜨거운 바람을 다시 잡아서 탄과 쇠가 있는 곳으로 순환을 시키는 기술이 필요해. 그래야 열기가 빨리 올라가서 많은 쇠를 녹일 수가 있거든."

"바람을 돌리는 것이네요."

"그래, 뜨거운 바람이 못 빠져나가게 돌리는 것이다."

"쇠는 어떻게 녹아요?"

"쇠는 녹기 시작할 때는 벌겋게 달아서 붉은색이 되고, 열을 더 가하면 노랗게 되고, 다시 탄불을 높여 열을 더 주면 파란 기운이 돌게 되지."

"그럼, 쇠가 파랗게 될 때까지 뜨겁게 한 후에 거푸집에 붓습니까?"

"아니야. 쇠에는 여러 가지가 섞여 있어. 구리와 주석이 주성분이지만 구리가 나오는 돌에 온갖 것들이 섞여있으니 녹여내는데 아무래도 이것저것 따라 붙지. 심지어 사람이 먹으면 죽는 독성분도 있다네. 그리고 잘 깨어지지 말라고 금이나 은을 넣을 수도 있어."

"밥그릇을 만드는 것이나 종을 만드는 것이나 다 같습니까?"

"조금 달라. 놋쇠에는 구리와 주석이 들어가는데 밥그릇용과 종을 만드는 쇠는 구리와 주석의 비율이 달라."

"어떻게 다릅니까? 다 같은 것 같은데."

"구리에 주석을 조금 넣으면 그릇과 같이 떨어뜨려도 쉬이 깨지지 않게 되지만 소리는 진동에 의해서 나기 때문에 강한 진동을 위해서 주석의 비율을 높이지."

"어느 정도로 높입니까?"

"100근을 기준으로 주석이 10근이 넘으면 소리를 잘 내는데 15근에서 18근 정도가 좋지. 주석을 더 넣으면 소리가 더 맑아지지만 쉽게 깨어지기도 해."

"구리와 주석 외에도 여러 가지가 들어있다고 하셨는데 잘 섞입니까?"

"이런 것들이 완전히 섞여서 쇳물의 성질을 일정하게 하려면 파란기운이 감돌 때까지 끓여야지. 하지만 이때 쇳물을 부우면 너무 뜨거워서 거푸집이 폭발하거나 쇳물 속에 기포가 생기고, 식으면서 수축률이 너무 커서 쇠가 금이 가고 깨져서 망칠 수가 있으므로 쇳물이 노란색으로 안정될 때를 기다렸다가 거푸집에 부어야 해."

"붉은색이 될 때까지 기다렸다가 부으면 어떻게 됩니까?"

"작은 것은 상관이 없으나 큰 물건은 쇳물이 들어가다가 식어버려서 모양이 안 나오기도 해."

"쇳물의 색깔을 어떻게 알아챕니까?"

"많이 해보아야지."

"이렇게 큰 종을 계속 만들면 나라에 놋쇠가 남아나지 않겠어요. 작게 만들어야지."

"만교야, 종을 만들면서 가장 흥분될 때가 언제인줄 아는가?"

"종이 잘 나와서 처음 칠 때가 아닌가요?"

"사람마다 다른데, 나는 벌겋게 녹은 쇳물을 거푸집으로 쏟아 부을 때야. 흐르는 쇳물이 나를 부르거든."

"쇳물이 그렇게 좋아 보여요?"

"그럼 나중에 봐봐. 얼마나 사람을 끄는지. 황룡사종을 만들 때 50만 근을 녹인 쇳물을 봤을 땐 정말로 그 속에 뛰어들고 싶었어."

"인신공양이라도 하시고 싶었습니까?"

"그런 생각이 아니야. 땅속 깊이 있는 지옥불이 나를 유혹하는 것 같았어."

"대공장님, 이 일을 하는 사람은 극락에 갈 것 같습니다."

"왜?"

"업장이 이 쇳물에 다 타버리니까요."

"그 업장은 쇳물에 들어간다고 타는 것이 아니야."

"어떻게 없어지나요?"

"죄에 대해서 아무런 가책을 느끼지 말아야지."

"어떻게 죄에 대해서 가책을 느끼지 않습니까? 돌로 만든 심장도 아닌데."

"죄를 느끼지 못할 만큼 천진해야지."

"그럼 바보 아닙니까?"

"머리카락을 넣으면 얼마나 견딜까요?"

"왜?"

"제 머리카락을 넣어서 상념을 씻을까 해서요."

"젊은 사람이 무슨. 만교의 머리카락을 넣으면 많은 상념이 쇳물에 녹아들어 더럽혀지므로 그리하지 않았으면 좋겠다."

"옛날에 어떤 이는 사람의 신체를 넣어서 칼을 만들었다는 이야기도 들었는데 … "

"그것은 옛날 중국 오나라의 왕 합려가 칼 공장이 간장에게 천하의 보검을 주문한 이야기야. 간장이 아무리 노력해도 되지 않았는데 그의 아내 막야의 손톱과 머리카락을 넣고, 수많은 사람들이 풀무질을 해서야 구리와 철을 함께 녹여 섞여서 마침내 명검을 얻었다는 것인데, 그것은 구리를 주로 다루던 시기에 더 강한 철을 더한다는 문명의 진보를 말하기도 하지만 살신의 자세로 임해야만 뜻한 바를 이룰 수 있다는 말이니 만교처럼 상념을 씻기 위한 것과는 다르지. 상념을 씻기 위해서는 수행을 해야지."

"예? 하하하. 그럼 이참에 머리를 깎아 버리지요."

"절에서 안 받아줘."

"사는 것이 힘이 듭니다."

"왜, 무엇이 그리 괴로운가?"

"제가 종을 만든다고 여기에 나와서 일을 하는 동안 대사댁에서는 눈치가 많이 보입니다."

"음, 그럴 수 있지. 그럴수록 공장일 이외의 시간에 네가 더 잘해야지."

"저도 그런 생각이 있으나 주종일에 집중하니 대사댁의 일이 도무지 손에 잡히지 않습니다."

"그렇게 일에 빠져드는 우리같은 공장이의 심정을 다른 하전들은 몰라주지."

"대공장님은 어느 귀족의 집에 있지않고 따로 집을 나가있으니 저와 같은 눈치는 보이지 않겠습니다."

"아무래도 눈치를 덜 보지만 그래도 수시로 내가 속한 대사댁에 가서 얼굴이라도 비추어 안부를 물어야지, 그렇지 않으면 왕실일이 끝나고 돌아가면 눈치를 많이 주셔."

"따로 사시는 대공장님도 그런데 저는 오죽하겠습니까. 왕명이라 어쩌지는 못하시지만 집에 가면 늘 가시방석입니다."

"그것도 우리같은 공장이들의 업장이야. 농사를 짓거나 집안일을 하는 하전들 입장에서 보면 우리가 뜬구름 같은 부처님 세계에서 한량처럼 노닐며 편하게 보일지 모르지만 그 길과 이 길이 다른 것을 이해하기가 어려워. 어떤 때는 우리 집사람도 나를 이해 못하고 잔소리를 하는데 뭐."

"대공장님 마노라님은 이제 모든 것을 이해할 때가 되지 않았습니까?"

"그렇지 않아, 부부의 인연을 맺었다고 다 이해하는 것은 아니야."

"그러니 저는 다 잊고 부처님이나 연호하면 어떨까 하는 생각도 있습니다."

"군관댁 하녀는 어떡하고?"

"다른 사람을 찾으면 되지요."

"이왕 맺은 인연 한 생은 다하고 헤어져야지."

"아직 인연을 맺지도 않았어요."

"군관댁 하녀는 이미 몇 년째 너에게 마음을 주고 있고, 네 마음에도 그녀가 자리를 잡은 것 같은데?"

"그거야 다른 인연을 만나면 다 지워지는 것이지요."

"그러지마. 그것도 다 네가 이생에서 해결해야 할 업장이야."

"대공장님은 이미 마노라님과 수십 년을 사셨으니 그렇지만 저는 아직 시작도 못한 것이나 같아요."

"그러지마."

"대공장님."

"왜?"

"아닙니다."

"뭔가 있구먼. 요 며칠 사이 얼굴에 수심도 가득하고 … "

"쇳물이 거푸집에 잘 들어가려면 꼭 제사를 지내야 합니까?"

"쇳물 일은 거푸집 속, 눈으로 보이지 않는 곳에서 일어나는 일이기에 어떻게 될런지 아무도 몰라. 그래서 부처님이나 신명의 힘이라도 빌리려고 제사를 지내게 되지."

"제사를 지내려면 무엇이 필요하나요?"

"부처님과 신명들에게 바칠 공양물을 준비하고 불경을 읽거나 신명을 연호하기도 하지."

"혼례를 할 때처럼 젯상에 닭을 올려서 제사를 지내기도 하지 않습니까?"

"부처님은 살생을 금하셨는데 어찌 산 짐승을 공양물로 바치겠나?"

"그렇지요 … "

"왜? 누가 동물을 희생시키다던가?"

"그게 아니오라 … "

"그게 아니면. 무슨 말이냐? 지난번 차박사님이 너를 은밀히 불러서 가더니 무슨 말을 한 것이지?"

"옛날에는 어떤 일이 잘되게 해달라고 산 재물을 바치기도 했다고 … "

"안될 소리야. 부처님이 계시는 절에 걸어놓을 것인데 살생이라니 말도 안 돼."

"그런데 어떤 희생될 인연이 이미 정해졌다면요?"

"희생될 인연? 혹시 … "

"네, 사람입니다. 그것도 초경도 하지 않은 어린여자아이."

"안 돼!" 금정의 입에서 큰 소리가 나왔다.

"조용히 하세요. 다른 사람이라도 알게 되면 저는 맞아 죽습니다요."

"그럼 네가 맞아죽어서 들어가!"

"무슨 그런 말씀을 하십니까?"

"네가 말이 안 되는 소리를 하니 그렇지."

"아무에게도 발설하지 마라는 것을 말씀드려서 어떻게 하면 좋은지 묻는 것 아닙니까?"

"그 아이는 어떤 아이더냐? 아직 아무것도 모르고 뛰어놀고 있느냐?"

"아닙니다. 병이 깊어 필시 죽을 것이랍니다."

"아이가 아프다고 버리는 것인가? 부모는 있는 아이인가?"

"어미가 있는데, 모자라고 병든 아이여서 지쳤는지 홧김에 놋쇠를 시주받으러 다니는 화주승에게 놋쇠가 없으니 대신 아이를 데려가라고 했답니다."

"그 어미는 이 업보를 어찌하려고 그런 말을 했는가!"

"어찌해야 합니까?"

"아! 그 아이를 어찌해야 하는가. 그 아이의 병을 낳게 하여 제물이 되는 것을 막으려면 어찌해야 하는가. 내가 금척리金尺里에 가서 그 많은 무덤을 뒤져서라도 앓거나 죽은 사람을 재기만 하면 살아나는 금자를 가져와서 그 아이를 살릴 수 있다면 얼마나 좋겠는가."

"너무 슬퍼하지 마십시오. 부처님이 그 아이를 받아주시는 인연도 보통 인연이 아닙니다."

"이놈이!"

"진정하십시오. 누군들 그러고 싶어 그러겠습니까? 이런 인연이 없으려면 옛적에 이미 종을 만들었어야 하지 않습니까?"

"그게 모두 우리 공장이들 탓이라는 건가?"

"그게 아니고 인연이 그런 것 같다는 것이지요."

"맞아. 그때 내가 성공했다면 이런 일이 없었을 것인데."

"대공장님 잘못이 아닙니다. 쇠를 녹이는 일은 아무도 예측할 수 없다고 하지 않았습니까?"

"그 아이는 지금 어디 있는가?"

"봉덕사 구석진 방에 있다고 합니다."

"지금 당장 가서 스님을 만나야겠다."

"제가 고한 것을 알면 큰일인데 … "

"걱정 마."

금정은 그길로 봉덕사로 가서 화주승을 만나게 해달라고 했다. 화주승이 거하는 곳은 절 마당 한 구석에 있는 제법 너른 반듯한 기단 위에 지어진 아담한 집이었다.

"금정이 무슨 일인가?"

"스님 실은 제 귀에 병이 나서 작은 소리는 잘 듣지 못합니다. 송구하오나 조금만 크게 불러 주십시오." 금정은 자신이 귀를 먹어간다는 것에 대한 수치심도 없었다.

"아이구 저런, 쯧쯧쯧! 내 그러지!" 스님이 애처로워하는 얼굴을 하면서 큰 소리로 대답을 했다.

"이제 주물을 부을 준비를 마치고 날을 정하여 스님들의 원력으로 부처님께 기도를 드리며 쇠를 녹여 부울 일만 남았습니다."

"지난번 밀납으로 만든 종을 보니 참으로 신품을 만들어내었더구만. 참 수고가 많았네. 주종이 잘 이루어져야 할 텐데."

"모두 부처님 덕분이옵니다."

"그렇지, 부처님의 원력이 미치지 않고서야 그리 훌륭한 신품을 만들 수가 없지. 부처님께 기도하는 마음으로 하세요."

"종을 걸 집은 마련되었습니까요?"

"그럼, 벌써 그 기초를 다져놓고 있지."

"어디 입니까?"

"어디긴 금정이 앉아있는 바로 여기지."

"네? 여기가 종각 자리라구요?"

"그럼, 종이 원체 무거우니 종을 먼저 자리에 앉히고 집을 지어서 걸어야 한데서 종이 완성되기를 기다리고 있네. 경덕대왕 때 기초를 쌓았으니 얼마나 오래되었나. 처음엔 지붕이 없으니 큰 비에 씻기고 허물어지기도 해서 종이 완성될 때까지 비 피해라도 막으려고 이 집을 지었지. 단촐 하지만 그런대로 쓸 만해."

"아하! 종이 완성되면 이집은 허물고 제대로 종각을 짓는 것이군요."

"그렇지 이 집 바닥에는 염부에 종소리를 전할 명동구덩이까지 있다네."

"이번에는 무슨 일이 있어도 될 것입니다. 염려하지 마십시오."

"그래야지, 그 종 때문에 많은 사람이 힘들어."

"스님께서도 그동안 놋쇠를 시주받으러 다니시느라 노고가 이만 저만이 아니었겠지요?"

"부처님 제자가 부처님 일을 하는 것을 노고라 할 수가 있는가?"

"많은 사람들이 기꺼이 놋쇠를 내놓든가요?"

"아닐세, 경덕대왕 때부터 수십만 근을 거두어들이니 다들 불만이 많았네. 백성들이 힘들어 하는 것을 보니 마음이 편치가 않았어."

"혹시 특별한 시주는 없었습니까? 큰 놋쇠 부처님상이든가 놋쇠 화로라든가."

"나라에서 놋쇠로 된 것은 무엇이든 거두어오라 했으니 작고 못생긴 불상, 숟가락, 밥그릇, 화로 심지어 작은 종까지도 반강제로 뺏어온 것도 있네."

그때, 방 옆 어디에선가 음음 으으 하는 소리가 들렸다. 금정이 귀가 어두워 잘 듣지 못했지만 육감적으로 어떤 소리가 들리는 것을 느꼈다.

"옆에 누가 있습니까? 무슨 소리가 나는 것 같습니다."

"아닐세. 뒤에는 광이야. 쥐가 다녔겠지. 아무 소리도 없어. 흠흠."

"분명히 어떤 소리가 나는 것 같았는데 … "

"아무것도 없대두."

그날 금정은 밀납을 한 보따리 싸서 집으로 가져갔다. 밀납은 색을 잘 내면 사람 살갗의 색을 낼 수 있으니 서두르면 하루 저녁 안에 여자아이의 얼굴을 만들 수 있다. 대충 나무에 짚을 입혀서 몸뚱이를 만들어 옷을 입히고 밀납으로 얼굴을 만들어 그럴싸하게 색을 내면 사람얼굴인지 아닌지 언뜻 보아서는 분간을 못 할 수도 있어서 아이 대신에 밀납 인형을 넣으면 그 아이를 살릴 수 있다고 생각한 것이다.

금정은 미친 듯이 얼굴을 만들었다. 마음이 급하여 잠을 자지 않고 만드니 다음날 새벽이 되니 거의 다 만들어졌다. 자신의 머리카락을 잘라서 머리카락과 눈썹을 붙이니 정말로 그럴싸하게 사람처럼 되었다. 그의 아내가 이것을 보고는 무슨 일인데 이런 징그러운 것을 만드느냐고 묻는다. 그는 대꾸도 않고 대충 몸뚱이를 다듬었다. 잠시 생각을 하다가, 자신이 죽을 때 함께 묻으려고 했던 오래전 죽은 딸애의 옷을 꺼내었다. 마음이 복잡해졌으나 한편으로 더 간절해졌다. 옷을 입히고 짚신을 신기니 언뜻 보아 마치 사람인 것처럼 보였다. 그것을 다시 삼베로 싸서 몰래 종을 만드는 작업장 옆에 가져다 숨겼다. 기회를 봐서 아이를 빼돌리고 이 인형을 넣을 심산이었다.

12월이 깊어가고 한번 내리기 시작한 눈이 연일 내린다. 이곳 서라벌은 남쪽이어서 눈이 잘 오지 않은데 이번에는 들과 산을 하얗게 덮을 정도로 내렸다.

눈발이 멈추자 예부에서 사람이 나왔다. 쇠를 녹여서 종을 만들려는 것이다. 공장 전체에 긴장감이 돌았다. 모든 차박사들이 나와서 쇳물을 붓기 위한 마지막 점검을 한다. 놋쇠로 만든 물건들과 숯과 탄이 큰 도가니에 잘 채워졌는지, 쇠를 녹이는 도가니에서 흘러나온 쇳물이 흐르는 물길이 잘 만들어졌는지, 흘러나온 쇳물을 모으는 열에 강한 전돌을 튼튼히 쌓아 만든 큰 용탕그릇 안에도 문제가 없고 밑에는 녹은 쇳물이 겨울 찬 기운에 식지 말라고 불을 내는 탄들이 채워졌는지, 쇳물을 빼는 탕구의 마개가 잘 빠지는지 그리고 마지막으로 땅 속에 묻은 거푸집으로 쇳물이 들어갈 큰 구멍도 마무리가 잘 되었는지를 보았다. 공장들은 각자 맡은 일을 통보받고 대기하고 있다.

쇳물을 붓기 하루 전, 눈이 내린 다음이라 하늘이 화창하다. 박종일 대나마가 모든 박사와 공장들 한 사람도 빠짐없이 작업장으로 나오게 해서 다시 마지막 점검을 하게 했다. 그런데 만교가 나오지 않았다. 금정도 그 연유를 몰랐다. 박빈내 차박사가 금정을 시켜서 만교의 상태를 보고오라고 하였다. 금정은 곧바로 만교의 집으로 향했다. 만교의 집으로 가는 도중 길에서 수십 명의 군사를 만났다. 그 중 안면이 있는 병사가 금정에게 내일 쇳물을 붓는 날 특별히 왕실에서 사람들이 나오니 병부에서 이곳에 가서 사전 점검을 해보라는 것이라고 했다.

길문대사댁에 도착한 금정이 지나는 다른 하전에게 물으니 만교는 어제 저녁에 갑자기 식은땀을 흘리며 앓아눕더니 아침에는 사람도 알아보지 못했다고 했다. 금정이 만교가 있는 방으로 가서 문을 열어보니 정말로 만교는 땀을 흘리며 누워있었다. 군관댁 하녀가 만교의 곁에서 걱정스런 얼굴로 지키고 있다가 금정이 온 것을 보고는 조용히 일어서서 인사를 했다. 금정이 만교를 불러보았지만 아무 대답이 없다. 방안으로 들어가 만교의 이마에 손을 대었다. 불덩이 같다. 금정은 바쁜 걸음으로 의관으로 가서 약을 받아 군관댁 하녀에게 전해주며 달여 먹이라 부탁을 하고 다시 종을 만드는 공장 터로 향했다.

금정이 다시 오니 작업장 주변에 쌓여있던 눈들이 깨끗이 치워져 있었다. 금정은 가슴이 쿵 내려앉았다. 공장 한 명에게 물어보니 내일 왕실에서 누가 나온다고 주변의 눈을 깨끗이 치우라고 해서 군사들과 공장들이 합심해서 눈을 치웠다는 것이다. 금정은 급히 자신이 숨겨둔 인형이 잘 있는지 보았다. 다행히 인형이 있는 바로 옆까지만 눈이 치워져 있었다. 금정은 가슴을 쓸어내리고 안도의 한숨을 쉬었다. 이제 문제는 어떻게 저 인형과 아이를 바꿔치기 하는가이다.

주종 하루 전, 몇몇 차박사와 공장들과 병사들이 이곳에서 잠을 자며 지켰다. 자시가 넘은 시각, 금정은 인형을 들고 몰래 종각 터 뒤로 들어가 소리가 났던 광으로 갔다. 건너편 금당 앞을 지키는 석사자 상이 금정에게 무슨 말을 하는 것 같았다. 조심조심 문을 열고 광안으로 들어갔다.

광안은 어두워서 잘 보이지 않았으나 예상대로 폭이 2자 정도 되는 큰 구덩이가 있다. 종소리를 지하에 울리는 명동이다. 그 안에 작은 여자아이가 들어갈 정도 크기의 상자가 있었다. 금정이 그 상자의 뚜껑을 열자 퀘퀘한 역겨움과 이상한 향이 섞여 알지 못할 냄새가 진동을 했다. 그 안에는 삼베로 얼굴까지 완전히 쌓인 아이가 있었다. 금정이 눈에 힘을 주어 캄캄한 주변을 둘러보았다. 스님들이 살려보려고 많은 노력을 했었는지 약그릇들도 옆에 있었다. 아이의 야윈 얼굴에 손을 대어 보았다. 이미 송장이 된 듯 따뜻한 온기라곤 느껴지지 않고 코에서 간신히 가는 숨결만이 느껴졌다. 손을 아이의 몸에 대어보니 앙상한 뼈만 느껴진다. 아무리 아이의 몸을 주물러도 반응이 없다. 거의 죽었다. 금정은 아이를 상자에서 빼내어 옆 구석에 잘 숨기고 자신의 옷을 벗어서 덮었다. 그리고는 상자에 인형을 넣고 뚜껑을 덮었다.

12월 14일, 주종의 명이 내려질 때 이미 정해진 날짜이다. 하늘과 땅의 기운이 조화롭고, 불보살과 신장들이 원력으로 보호하고, 왕조의 신령들께서 음덕을 베푸시어 주종이 원만히 이루어질 수 있기에 가장 좋은 날로 점지된 날이다.

새벽부터 여러 개의 도가니에 놋쇠와 함께 가득 채워진 탄에 일시에 불을 붙이고 쇠를 녹이기 시작했다. 해가 떠오르고 아침을 먹을 때가 되자 도가니의 불이 더욱 맹렬히 타오른다. 그럴수록 풍구의 손잡이를 잡은 하전들의 손에 힘이 들어가고 도가니 밑으로 들어가는 바람이 쉭! 쉭! 소리를 낸다.

해가 산위로 떠오르자 거푸집을 묻어놓은 작업장의 남쪽 벽이 열리고, 그 앞 너른 터에 기둥이 세워지고 화려한 천막이 씌워졌다. 바닥에는 작업장 입구까지 짚을 엮어서 만든 덕석이 길게 깔렸다. 귀한 사람들이 올 것이라는 표시이다.

그때, 저쪽에서 소리가 들렸다.

"만교가 왔다!" 만교는 아직 몸이 온전치 않은지 몸에 힘이 없어 보인다. 금정이 급히 만교에게 다가갔다.

"어떻게 나왔어. 좀 더 쉬지 않고."

"괜찮습니다. 대공장님이 지어준 약을 먹고 나니 몸에 열이 내리고 정신이 돌아와서 나왔어요."

"이곳 일은 다른 사람들도 많은데."

"아닙니다. 쇠를 녹이는 것을 보아야 다음에 잘하지 않겠습니까?"

"자네도 참으로 극성이구만. 알았네. 이왕 나왔으니 일은 하지 말고 여기 아궁이 앞에 앉아 몸을 녹이면서 눈으로만 배우게."

"대공장님, 차박사님이 무슨 말씀하지 않았어요?"

"무슨 말?"

"일전에 제가 드린 말씀."

"없었어." 금정은 만교에게 눈을 찡긋하고는 입에 손가락을 갔다 대고 아무 말도 못하게 했다.

오시가 가까워 오자 녹은 쇳물이 점점 많아졌다. 천막 앞에 커다란 제사상이 놓였다. 봉덕사 공양주 아낙들과 궁궐에서 나온 궁녀들도 나와서 상위에 공양물을 놓으며 주종의 성공을 기원하는 제사상을 차리기 시작했다. 창칼을 갖춘 군사들이 길옆에 도열했다. 봉덕사의 스님들도 오고, 비단 옷을 입은 귀족과 신하들과 왕실 사람들이 속속 도착했다. 녹은 쇳물의 양이 점점 많아졌다.

"대공장님 쇳물이 벌겋게 녹았네요."

"그래, 버~얼겋타."

"곧 노랗게 바뀌겠지요?"

"그럼, 그리되겠지."

"또 파랗게 되겠지요?"

"지난번 내가 한 말을 잊지 않았구나."

"그런데 지옥사자의 혓바닥 마냥 널름거리는 불길이 쇳물 위를 맴도네요."

"조금 있으면 그놈이 먹잇감을 찾아 용광로 속을 빙빙 돌지." 금정은 만교가 무슨 뜻으로 말을 하는지 알아챘다는 듯이 말을 한다.

"대공장님, 어떻게 해요?"

"무엇을."

"아시잖아요. 제가 사람 죽이는 종을 만들었다는 것 때문에 마음이 아파서 병이 났고, 그래도 걱정이 되어 몸이 많이 불편하지만 나왔어요."

"그런 것은 걱정하지 마. 자네가 걱정한다고 될 일도 아니야. 그 죄는 이제 살만큼 산 내가 짊어져야지. 혹시라도 엄한 생각은 하지 마."

"그럼 대공장님이 엄한 생각을 하시렵니까?"

"내가 방책을 마련했으니 걱정 마." 금정이 만교의 귀에 대고 조용히 말했다.

"네? 어떻게요?"

"쉿! 알려고 하지 마. 이일이 알려지면 자네와 나는 죽은 목숨이야."

쇳물을 모으는 거대한 용탕그릇 옆에는 물건을 오르내릴 때 쓰이는 활차가 설치되었다. 박빈내 나마가 건장한 공장 두 명을 부르더니 무엇이라고 명한다. 그러자 그 두 공장은 곧장 봉덕사로 가서 기다란 상자를 가지고 와서 활차 앞에 놓았다. 금정은 혹시나 자기가 바꿔치기한 것이 들통이 나지 않을까 가슴이 두근거렸다.

오시가 넘어서자 용광로의 쇳물이 설설 돌기 시작했다. 그때 멀리서 군사들이 호위하는 소리가 들리면서 왕이 행차했음을 알린다. 금정과 만교는 고개를 돌려 그쪽을 바라보았다. 군사들의 호위를 받으며 말에 탄 김양상이 화려한 비단관복을 입고 거들먹거리며 앞장을 서고 그 뒤로 온갖 금은구슬과 채색한 깃발로 단장한 가마가 두 대 도착했다.

앞선 가마에서 화려한 왕관과 온갖 금은보화가 달린 옷을 입은 젊은 왕이 내렸다. 왕은 화장을 했는지 얼굴빛이 백옥처럼 하얀데, 눈가가 진하게 그려진 것이 사슴의 슬픈 눈을 닮았고, 입술도 여인처럼 붉다. 뒤에 더 화려한 가마가 내려지고 왕보다 더 화려하게 성장을 한 모후가 궁녀들의 부축을 받으며 내렸다. 박종일 대나마와 많은 신하들이 그 앞에 나아가 배알을 하려는데 김양상이 팔을 뻗어 이들을 제지하자 모두들 흠칫하며 물러서며 거리를 둔 채로 왕과 모후에게 허리를 숙여 예를 표했다.

왕과 모후, 많은 신하와 스님들이 자리를 잡자 한림랑 김필해가 공양물이 가득 쌓인 제사상 앞으로 나와서 의식을 시작한다. 그가 제문을 꺼내어 읽는데, 금정이 잘 들리지 않는 귀로 쫑긋하여 자세히 들어보니 그것은 종에 새겨진 글이었다.

"쇳물이 다 녹았다!"

사람들의 손길이 바빠졌다. 이제 모든 준비가 끝났다. 설사 부족해도 되돌릴 방법이 없다. 대나마의 명으로 봉덕사에서 가져온 상자의 뚜껑을 열었다. 그리고 박빈내 나마가 금정에게 와서 말했다.

"금정, 이것은 이번 주종작업의 성공을 위한 아주 중요한 일이니 자네가 상자 속의 물건을 쇳물을 모으는 용탕그릇 안에 잘 내려다 놓게. 내키지 않으면 다른 사람을 … "

"아닙니다. 당연히 제가 해야지요." 금정은 박빈내 차박사의 말을 막았다.

금정이 상자 앞에 다가가니 역시 어제 밤에 맡았던 냄새가 풍겼다. 용탕그릇에 내리는 줄에 상자 속의 물건을 묶었다. 뻣뻣한 느낌이 들었다. 인형이 맞구나 싶었다. 금정이 줄을 다 묶자 젊은 공장들이 줄을 당겨 올렸다. 금정은 마지막으로 확인을 하려고 인형의 얼굴에 싼 삼베를 뒤집어 보았다. 핏기가 전혀 없는 얼굴이 나왔다. 하지만 느낌이 이상했다. 자기가 만든 인형이 아닌 것 같았다. 순간, 시신처럼 차가운 얼굴의 눈이 가늘게 떠졌다. 금정은 갑자기 온몸의 힘이 쭉 빠져 털썩 주저앉았다. 그러자 만교가 달려와 금정을 부축했다. 박빈내도 다가와 금정의 팔을 부축하며 조용히 말했다.

"저 아이는 이미 죽었네."

"아니야!" 금정이 소리를 지르자

"어제 저녁에 자네가 한 일을 알고 있네. 신성한 일을 그르치지 말게. 이것이 어찌 인력으로 막을 수 있는 일인가?" 박빈내는 금정의 입을 막으며 말했다.

금정이 두 사람의 부축을 받으며 멍하니 서있는데 다른 공장들이 잡아당긴 줄에 매달린 물건이 공중으로 올라가 잠시 흔들리더니 다시 정지해 있다.

"저것이 무엇인가?" 모후가 박종일에게 물었다.

"거푸집에 들어간 쇳물이 잘 돌라고 넣는 것입니다."

"쇳물이 내려간다!"

용광로 탕구를 막은 마개를 여는 망치소리가 탕! 탕! 탕! 탕! 탕! 울리더니 다섯 개의 용광로에서 빠져나온 시뻘건 쇳물이 거대한 용탕그릇으로 흘러들었다. 그러자 바로 활차의 줄에 매달렸던 그것이 용탕그릇 속으로 내려졌다. 뜨겁게 달구어진 그릇에 내려지자마자 찌지지직! 소리가 나더니 흰 연기가 피어올랐다. 이상하고 복잡한 향기가 풍겼다. 그리고 바로 용광로에서 빠져나온 쇳물들이 그 물건 위를 덮쳤다. 순간 그 물건이 움찔했다. 이내 계속 덮치는 쇳물과 함께 요동을 치더니 붉고 푸른 연기가 가득 피어올랐다. 그것은 금세 다 타버리고 형체를 알 수 없는 하얀 재가 되어 쇳물 위에 떠 있다가 그마저 이내 타버리고 쇳물에는 아무것도 남지 않았다. 피어오른 연기는 작업장 천정 밑을 한동안 맴돌다 사라졌다.

봉덕사의 스님들이 불경을 외우기 시작했다. 주변에 있는 모든 사람들이 눈을 감고 두 손을 모아 합장하고 종이 잘 나오길 빌면서 기도를 올린다. 금정은 무슨 말을 하고 싶으나 넋이 나가서 아무런 말도 할 수가 없다. 그의 마음속에서 슬픈 노래가 울렸다.

에헤야 어미야
에헤야 아비야
네가 아파 그리 크게 울더니
네가 죽어 이제 부처님 음성이 되는구나.
에헤야 어미야
에헤야 아비야

에미 업장 네가 지고 가나

내가 뛰어들어 저 뜨거운 쇳물을 내 등으로 막을까나.

에헤야 어미야

에헤야 아비야

금정은 눈을 감고 아이를 위하여 기도를 올렸다.

전생의 무슨 업보인지는 모르나

힘든 이생에 태어나 제대로 먹어보지도 입어보지도 못하고

쇳물에 던져져 어린 생을 마감하게 되지만

이 쇳물에 업장을 소멸한 공덕으로

수미산에 도달하여 부처님을 만나거라.

다음에 인연이 있어 다시 사람으로 나거든

황후장상의 씨로 태어나

이생에 못 다한 복락을 누리거라.

큰 용탕그릇에 모인 쇳물을 힘이 센 공장이 큰 생소나무 기둥으로 저었다. 찌지지직! 찌지지직! 생소나무 타는 소리가 나면서 흰 연기가 피어올랐다. 잠시 뒤 쇳물이 다시 안정을 되찾고 쇳물의 색깔이 처음보다 짙은 노란색으로 바뀌었다.

"쇳물을 부어라!"

대나마 박종일이 크게 외쳤다. 그러자 쾅! 큰 망치소리가 나고 용탕그릇의 탕구가 열리자 콸콸거리며 빠져나온 쇳물이 거푸집에 있는 큰 구멍으로 빨려 들어갔다. 거푸집이 배가 고파 게걸스레 쇳물을 먹어치우는지 아무 소리도 올라오지 않는다. 스님이 독경하는 불경에 맞추어 주변의 많은 사람들이 고개를 숙이면서 기도를 한다.

순간적으로 금정의 귀에서 징~ 하는 소리가 나더니 아무 소리가 들리지 않았다. 금정의 눈앞에 있는 사람들은 침묵의 나라에 있는 사람들처럼 몸짓으로만 소통을 하는 것 같았다. 그래서일까, 금정은 기도를 하지 않았다. 눈도 감지 않았다. 그냥 멍하게 거푸집으로 흘러들어 가는 쇳물만 바라볼 뿐이었다.

한동안 그런 현상이 이어지다가 다시 금정의 귀에는 사람들이 웅성거리는 소리가 가늘게 들리지 시작했다. 충격에 순간적으로 상태가 좋지 않던 귀가 들리지 않은 것 같았다.

얼마나 쇳물이 흘러들어 갔을까. 또 다른 구멍들 위로 쇳물이 조용히 올라왔다.

"성공한 것 같습니다." 대나마가 외쳤다.

"정말로 성공한 것 같은가?" 모후와 왕이 대나마에게 물었다.

"처음 예상했던 쇳물의 양과 지금 들어가는 쇳물의 양을 비교하고, 이렇게 조용히 쇳물이 차오르는 것을 보니 틀림없이 성공한 것 같습니다. 모후마마, 대왕폐하 감축드립니다. 드디어 성덕대왕의 신종이 성공을 한 것 같습니다."

"박종일 대나마는 이렇게 확신에 찬 어조로 모후님에게 성공을 고했으니 만일 이후에 실패를 했다는 것이 밝혀지면 죽음을 면치 못할 것이야." 김양상이 한기가 느껴지는 싸늘한 목소리로 위협하듯이 말했다.

"당연히 이번에는 목숨을 걸어야지요."

"이렇게 확신에 차 말을 하는 것을 보니 정말로 성공한 모양이요. 성공을 했다면 내 그대에게 크게 상을 내릴 것이다."

"망극하옵니다." 박종일이 모후에게 크게 머리를 숙였다.

그 많은 쇳물이 흘러들어간 땅에서는 뜨거움을 견디느라 힘이 드는지 온 주변에 하얀 김을 뿜어내고 있다.

쇳물을 다 붓고 나니 맑았던 하늘에서 갑자기 눈이 내렸다. 사람들이 외쳤다.

"맑은 하늘에서 갑자기 눈이 내리니 이번 주종은 성공했다는 하늘의 징조인 것 같습니다."

"그래! 그래!" 모두들 성공을 확신했다.

"이차돈이 순교할 때는 꽃비가 내렸다는데 오늘은 왜 차가운 눈이 내리는가?" 금정의 눈에서 하염없는 눈물이 흘렀다. 만교는 고개를 푹 숙이고 아무런 말도 없다. 박빈내가 금정의 손을 꼭 잡았다.

어찌되었든 쇳물은 부어졌다. 삼십 년이 넘게 걸린 성덕대왕신종 주조가 여기서 끝이 나기를 모두가 바랄 뿐이다. 이제 쇳물이 식기를 기다려 흙을 파내고, 거푸집을 걷어내고, 종 안에 단단히 잡혀있는 전돌들을 깨어내고, 붙어있는 필요 없는 것들을 강한 쇠끌로 잘라내고, 거푸집의 빈틈을 헤집고 들어간 쇠를 깎아내고 다듬어, 미리 축성해 놓은 종각의 기단 위에 종을 올려다 자리를 잡은 후에 기둥을 세우고 지붕을 올리면 된다. 철을 달구어 여러 번 접어서 때려 만든 걸쇠를 이용하여 종을 종각의 대들보에 걸고 종 밑에 있는 흙을 파내면 종은 종각에 매달리게 된다. 그러면 모든 일이 끝나고 종을 칠 수가 있다. 이런 것들은 단지 시간만 걸릴 뿐 아무것도 아니다.

하지만 지금은 거푸집 속에서 어떤 일이 있었는지 알 수가 없다. 적어도 삼 일은 기다려야 흙을 걷어내고 성공 여부를 눈으로 확인할 수 있다. 박종일 대나마가 모두들에게 수고했다고 말하고 격려를 했다. 금정은 넋이 나가고 기운이 빠져 서있을 기운도 없게 느껴져서 자리에 주저앉았다. 만교도 일어나지를 못했다.

해가 멀리 서쪽 단석산에 걸릴 즈음, 금정과 만교는 비틀거리며 집으로 향했다. 금정은 집으로 오자마자 쓰러졌다. 아내가 무슨 말을 하는데 아무 소리도 귀에 들어오지 않는다.

그때, 차박사 박빈내가 금정의 집 마당에 들어섰다. 손에는 술병이 들려 있었다. 눈을 감고 누워있는 금정을 아내가 흔든다. 금정이 몸을 일으켰다.

"아니, 차박사님께서 우리 집에 어인 일이십니까?"

"이런 날 그냥 있을 수 있는가. 오늘 자네하고 한잔하려고 뒤쫓아왔네."

"아직 완전하게 확인한 것도 아닌데."

"어찌되었든, 이제는 일을 돌이킬 수 있는 것도 아니지 않은가. 혹시라도 실패하면 어찌 대나마 어른만 벌을 받겠나. 김양상의 서슬 퍼런 살기를 보지 못했나. 나도 죽은 목숨이지, 그러니 그전에 미리 마셔두어야지."

"대나마님도 확신하셨지만 저도 성공을 확신합니다. 그러니 안심하십시오."

"금정이 그렇게 말하니 더 편안한 마음으로 한잔 해야지."

"왜 오신지 알고 있습니다."

"그래, 그 아이 때문에 금정이 너무 마음 아파하기에 내 실상을 알려주려고 왔다네."

"그 아이의 운명이겠지요. 그런데 제가 만든 인형과 언제 바꿔치기 된 것입니까?"

"자네가 만교의 병세를 보러갔을 때 주변의 눈을 치우다가 자네가 숨겨둔 인형을 발견했다네. 인형을 본 순간 자네가 만든 것인 줄 알았지. 자네 말고는 아무도 그렇게 잘 만들지를 못하거든. 자네가 출신 때문에 주종박사에 오르지 못했지만 신라에서 자네를 따를 사람이 누구인가?"

" ...... "

"나는 그 인형을 보다가 자네가 왜 그렇게 만들고 그곳에 숨겨두었는지를 추측할 수 있었네. 그래서 그 인형을 원래 위치에 놓아두고 저녁에 자네가 어떻게 할지를 지켜보기로 했네."

"나마님은 제 마음을 어찌 그리 잘 아십니까?"

"우리가 함께 한 시간이 얼마인가."

"......"

"아니나 다를까, 밤이 깊어 모두들 잠에 곯아떨어진 시각 자네가
움직이는 것을 보았지. 자네가 다시 잠자리에 든 후에 그곳에 가니
역시 아이는 옆에 숨겨져 있고 자네가 만든 인형이 들어있었어."

"그냥 놓아두지 왜 바꾸었습니까?"

"물론, 그 아이가 불쌍한 것은 맞아. 하지만 그전에 봉덕사 스님들
과 의관에서 나온 사람들이 그 아이를 살려보려고 많은 애를 썼지만
소용이 없었다. 며칠 전 의박사가 도저히 살릴 수 없는 죽은 목숨이
라고 판정을 내렸네."

"그래도 쇳물에 꼭 사람을 넣어야 했습니까?"

"신전 제사에서 내려진 신탁도 성덕대왕신종은 사람을 원한다 하
고, 심지어 스님들 중에서도 그런 예지를 받으시고 말을 전하기도
하셨어. 우리라고 그러고 싶었겠나?"

"......"

"그리고 정말로 성덕대왕신종이 사람을 원하는데 우리가 그것을
이행하지 않아서 또 실패를 하면 그때는 어떡하겠나? 대나마님을 비
롯해 죽을 목숨이 얼마인가?"

"흠~" 금정도 긴 한숨을 쉬었다.

"그래서 죽은 송장과 진배없는 그 아이를 향을 먹인 삼베로 싸서
부처님과 신령들에게 바칠 준비를 하게 된 것이다."

"아이의 어미는 한 번도 오지 않았나요?"

"왜 오지 않았겠나. 수일 전에도 와서 난리를 쳤다네."

"왜 난리를 쳤나요? 다 죽은 목숨 부처님에게 보내면 고마운 일

인데."

"그래도 딸을 팔아넘긴데 대한 죄책감이 일어났을 수 있겠지."

"그래서 어떻게 했나요?"

"할 수 없이 재물을 주어 위로하고, 주변을 경계하던 병사의 칼집에서 칼날이 번뜩이니 그냥 돌아갔어."

"아이가 용탕그릇에 들어갔을 때는 아무것도 느낄 수 없었을까요? 뜨겁지 않았을까요?"

"느끼지 못했을 것이야. 며칠 전부터 침으로 찔러도 어떠한 반응도 없었고, 최근에는 매일 아이의 몸에 고통을 느끼지 못하는 약을 발라서 아픔을 느끼지 못하도록 했다."

"그 아이를 위한 모든 것을 해주었군요. 고맙습니다."

"왜 자네가 고마운가? 자네에게 무슨 사연이 있는가?"

"예전에 하늘로 보낸 딸년이 생각이 났습니다."

"그런 일이 있었나? 그런 일 한두 번 겪지 않았던 사람 있나?"

"그런데 그 아이가 자꾸 눈에 떠올랐습니다."

"그런데 자네 귀가 잘 들리지 않는다던데 … "

"이렇게 가까이에서 말하는 것은 간신히 들을 수 있고 나마님의 입을 봅니다. 입을 보고 알아차리는 것이 꽤 익숙해졌습니다."

"그런가. 아무 말이나 해서는 안 되겠군. 하하하"

"혹, 그 인형은 어찌했습니까?"

"왜, 아직 그 인형이 필요한가?"

"아닙니다. 그 인형에 입혔던 옷이 … "

"그것도 사람의 형상이라 함부로 할 수 없어서 봉덕사 스님이 다

비식을 하듯 경을 외면서 불태웠네.”

　차박사가 돌아가고 금정은 잠을 이루지 못하고 무거운 몸을 뒤척였다. 아이의 눈동자가 잊혀지지 않았다. 자리에 누운 금정은 잠을 못자고 밤새 뜬 눈으로 부처님을 연호하였다. 그러다 새벽이 되어서 잠에 들었는데 어떤 여자아이가 날개옷자락을 휘날리며 향로를 받쳐 들고 하늘로 날아가면서 금정을 향해 손을 흔들었다. 그런데 아이가 구름 속으로 사라지자 하늘에서 갑자기 큰 소리가 들리더니 그 아이의 신체인지 사람의 몸이 여러 토막으로 나누어져 땅으로 떨어졌다. 땅에 떨어진 신체들을 스님들이 수습하더니 불을 지펴 다비를 치러주었다. 다비를 마치니 그 속에서 영롱한 빛을 발하는 사리들이 수습되었다. 스님들이 사리를 들고 부처님 앞에 올려놓고 기도를 올리자 부처님 전을 덮고 있는 닫집에서 꽃잎이 흩날려 내리고 어디선가 생황과 공후의 소리가 들렸다.

　“아미타불, 아미타불, 아미타불” 금정은 아미타를 불렀다.

　다음날 오후, 만교가 금정을 찾아왔다.

　“어쩐 일인가? 이제 종일이 끝났으니 며칠은 푹 쉬어도 되는데.”

　“괜찮습니까?”

　“괜찮고말고.”

　“걱정했습니다.”

　“우리 어디 가서 한잔할까? 기가 막히게 좋은 곳을 알고 있는데.”

　“행동을 조신하면서 종이 잘 나오길 빌어야지요.”

"이제는 아무리해도 바꾸어지지가 않아. 소성거사처럼 마음에 남아있는 모든 것을 깨버려야지. 무애 모르시는가? 나가세, 정말 좋은 곳이야."

"그리 좋은 곳입니까?"

금정이 만교를 이끌고 간 곳은 골목 깊숙이 있는 허름한 주막이었다.

"아니, 여기는 주막이 아닙니까?"

"잔말 말고 따라 들어와. 어이 주모! 그 아이 있는가?"

"누구요?"

"그 육덕지고 콧소리가 좋은 아이 말이요."

"아, 가실이 말이군요. 있어요. 그년이 생김새가 못나서 사람들이 찾지 않는데 금정님은 꼭 그 아이에게 술을 따르게 하네요."

"대공장님, 무슨 여색입니까?" 만교가 의아해서 묻는다.

"여색이라니? 그런 거 없어. 오늘은 그냥 시름을 잊기 위해 취하고 싶어 그러네."

잠시 후, 몸집이 육덕지고 얼굴 생김이 좀 거친 찬모가 들어왔다

"이리와 앉게."

"금정님, 오늘 무슨 바람이 불었어요?"

"요즘은 어떤가? 집적대는 사내는 없는가?"

"대공장님 빼고는 없어요. 호호호." 목소리는 예쁘다.

"그럼, 지금 내 몸이 음양의 부조화 탓인지 가슴에서 조갈증이 끓어오르고 머릿속은 실타래처럼 엉켜 도무지 갈피를 못 잡겠는데 네가 진정시켜줄 수 있나?"

"가슴에 열화가 요동을 친다니 대공장님은 아직 청춘인가 보오.

근데 옆에 앉은 이 미남자는 누구요? 한번 안겨 보았으면 죽어도 원이 없겠네.”

“아서라. 혼약을 맺은 인연이 있네.”

“하룻밤 인연을 맺는다고 매달리지 않아요.”

“그래도 안 돼.” 금정이 딱 자른다.

“저를 두고 두 사람이 무슨 희롱을 합니까? 대공장님, 저는 어찌되든 상관없어요.” 만교가 웃으며 말을 건넨다.

“거봐요. 본인은 상관없다지 않습니까요.”

“야! 가실아.” 금정이 가실의 엉덩이를 치면서 부른다.

“왜요? 가만있는 남의 엉덩이는 왜 때립니까?”

“한 자락 해봐.”

“무엇으로 할깝쇼?”

“하고 싶은 대로.”

“아으! 그 누구는 결혼을 하고서도, 밤이면 남몰래 님의 품에 안겨 달콤한 시간을 보낸다는데 이년을 기다리는 꽃 같은 인연은 어디메 있더뇨.”

“쓸데없는 소리 마라. 탓한다고 네 업장이 없어지질 않아. 네가 양지스님을 도왔나, 석불사의 돌을 날랐나. 네가 부처님 아끼시는 이 늙은 불모를 어여삐 여긴다면 혹시 그 업장 사라질지 알겠는가.”

“나를 무시마소. 나 이래도, 가슴속은 누구보다 보드랍고 내배는 누구보다 따뜻한 방구석이요.”

“허이구, 아무도 찾지 않는 깊은 골은 스님네의 요사체이지 어찌 속인의 사랑방이런가? 아서라. 아서라.”

"아으! 저기 가는 달님아. 네 서천으로 가느냐. 서천에 가거던 부처님 무량수전에 아뢰소서. 여기 왕경 한구석에 서글피 우는 가실이 전생업장 불사르고 고운님 만나고픈 대원이 있다고. 어여삐 여기소서, 어여삐 여기소서."

"아이고! 우리 가실이 왜 벌써 혀가 꼬부라지는고?"

"어찌, 맨 정신으로 가슴의 업장을 말할 수 있는가요? 일부러라도 취한 척 해야지."

"우리 가실이, 우리 같은 하전 마주앉아 가슴속 서러움 꽃 뿌리듯 쏟아내니 오늘 필시 무슨 사연이 있는가 보네. 땅바닥 서러움 없는 하전 어디 있으랴. 정녕 서천의 꽃다운 인연 만나고 싶거든 곧은 마음 잃지 말고 미륵님을 모시듯이 사람을 모셔라. 이 가슴의 미륵님이 너를 위해 기도하리."

"고맙고 고마운 금정님아, 십 년만 어렸어도 내 님으로 모실 건데, 다음 인연이 언제거든 십 년만 젊어주오."

"아이고! 두 분이 무슨 말씀을 노래 부르듯 구성집니까? 듣자하니 부녀지간에 만날 인연이 이렇게 만나는 것 같으니 내 가슴이 미어지오."

"아니여, 부녀지간이 아니여. 이 육신 썩어 없어지면 함께 손잡고 도솔천에서 가, 못다 한 정분을 나눌 인연인지 누가 알겠는가?"

"마노라님이 아시면 어쩌려고 그리 말씀을 하시는지요?"

"아이고, 참 내. 금정님은 맘에 없는 말로 나를 위로하는 것이라오."

"그래도 가실이 얼굴이 밝아지는 것을 보니 기분은 좋은가 보오."

"그렇지요. 나를 어여삐 여기는 마음에 늘 고마움을 느낍니다."

"자, 자, 한 잔 더!"

"우리 금정님, 오늘 아무래도 무슨 일이 있나보오."

"있지요. 아주 큰 일이 있었지요."

"종을 부을 날이 가깝다던데 필시 그곳에 일이 있었소?"

"입이 있어도 말을 못하는 일이라오."

"얼마나 중한 일이기에 뚫린 입으로 말을 못합니까?"

"아으! 더 이상일랑 묻지 마오."

"그리 중한 일이라면 더 이상 묻지를 않으리다. 구중궁궐 철석같은 비밀도 새어나오는데 그 비밀이 언젠가는 나오겠지요."

"우리가 죽거든 나오기를 바라오."

"조금만 말해주오. 내 혜성이 지나갔다 소리치고 말리다."

"어이 가실이, 그만 재촉하게. 우리 입이 아니어도 언젠가는 듣게 될 것일세. 설사 이생에 못 듣더라도 반드시 듣게 될 것일세."

"그러니 더 궁금해집니다."

"그러면 차라리 안민가安民歌라도 불러보시게."

"싫습니다요. 그런 고리타분한 것을 왜 부릅니까요?"

"만교, 자네가 하겠는가?"

"저도 그런 것은 생리에 맞지가 않아요."

"하긴, 나도 싫어."

"네? 하하하"

"가실아. 그러지 말고 네가 잘하는 것 한 자락만 해봐."

"가실이 특별히 잘 하는 것이 있나보오."

"최고지."

"한 잔 더 주오."

"빨리 가실이 잔에 술 부어라."

"이 잔은 대공장님이 노래를 청하는 잔이니, 이 잔을 들이키고 고운 소리 들려주오."

"꽃같이 젊은 님아. 내손 한 번 잡아주오. 그럼 그 손을 내님의 손인 양 부여잡고 한자락 하리다."

"손 한 번 주는 것이 무슨 큰 대수겠소. 옜소!"

돌하 노피곰 도두샤
어긔야 머리곰 비취오시라
어긔야 어강됴리
아으 다롱디리

쳔져재 녀러신고요
어긔야 즌두룰 디두욜세라
어긔야 어강됴리

어느이다 노코시라
어긔야 내가논디 졈그룰셰라
어긔야 어강됴리

아으 다롱디리
아으 다롱다리
아으 다롱다리

"가실이 노래가 정분의 애간장을 끊는구려."

"우리 가실이, 빨리 님을 만나 원앙노래를 불어야 할 터인데."

"이번 생은 끝났으니 쓸데없는 걱정일랑 접어두오."

"우리 가실이, 언제나 인연을 만나 알영처럼 추한 모습 벗어져서 깊이 간직한 옥함 향을 마실 이가 누구일지."

"한 잔 더 주오."

이들은 권커니 청커니 잔을 기울이며 취해갔다. 하지만 금정은 절대로 취하지가 않았다. 만교도 마찬가지였다. 이 둘을 상대하던 가실이만 취해서 방바닥에 널브러졌다.

금정은 어두워져서 집으로 돌아왔다. 똑바로 누워 천장을 쳐다보았다. 꿈인지 생시인지 몽롱하게 있는데 얼굴에 이목구비가 없는 누군가가 너의 죄를 묻겠다며 겁박을 하는데 도무지 그가 누구인지 모르겠다. 갑자기 여자아이의 눈동자가 보였다. 보기 싫어서 눈을 감았다. 귀가 아팠다.

금정은 다음날도 아내를 벗 삼아 술을 마셨다. 아이의 눈동자가 자꾸만 떠오른다. 월명사月明師가 일찍 죽은 누이를 위해 제를 지내며 지전紙錢을 태우면서 부른 노래가 생각이 났다.

"죽고 사는 길이 여기 있음에 머뭇거리고

나는 간다는 고별도 모르고 떠나보냈고

어느 이른 가을 찬바람에 여기저기 흩날리는 낙엽처럼

똑같은 가지에서 나고도 가는 곳도 모르거든

아! 미타찰에서 날 보오리 도를 닦아 기다릿고야

아! 미타찰에서 날 보오리 도를 닦아 기다릿고야

아! 미타찰에서 … "

"영감, 무슨 일이 있어서 삼 일 연속 취하게 마시고 노래를 불러댑니까?"

"아무것도 아닐세."

"말을 해보시오. 내가 말을 하지 않아서 그렇지 누구보다 영감을 제일 잘 아는 사람이오."

"오래전에 잃은 딸년이 갑자기 보고 싶어서 그래요."

"망월사望月寺에서 그 아이를 위해 천도제를 지낸 후, 스님이 아이의 영혼은 이미 부처님 곁에서 잘 지내고 있다고 걱정하지 말라 하시지 않았습니까."

"그래도 요즘 불현듯 떠오릅니다."

"참, 영감도. 에휴~ , 나도 그년이 보고 싶어집니다. 에구, 불쌍한 것."

술을 거나하게 먹고 나니 귀에서 찡하는 소리가 나더니 그 다음부터는 소리가 들리지 않았다. 아내의 얼굴을 보니 무슨 말을 하는 것 같은데 입만 움직인다. 불안한 마음에 손으로 귀를 문질러 보았으나 아무런 소리가 들리지 않는다. 귀를 완전히 먹은 것 같다.

"이보시게 마노라님, 내 귀가 완전히 먹었나 보오. 아무것도 들리지 않아."

임자년 1월, 왕이 교서를 내리고 백관들의 관직명에 변화가 있었다. 왕이 다시 친정을 하려 하지만 모후는 이를 받아들이지 않는다. 김양상은 수 명의 장수를 자신의 부하로 삼았다.

종을 땅속에서 파내었다. 흠잡을 곳 없이 깨끗하다. 공장들은 모두 만세를 부르며 환호하고 서로 얼싸안았다. 한마음으로 달려들어 종에 붙은 찌꺼기를 털어내고 종을 다듬었다.

성덕대왕신종 주종의 성공을 기뻐하여 왕실은 주종의 책임을 맡은 박종일 대나마에 금은 비단을 내리고, 그 아래 나마들에게도 공로를 치하하였다. 대나마는 공장들에게도 상을 나누어주고 배불리 먹였다.

봉덕사에서는 종각 터에 지어졌던 집을 허물고 다시 단장하여 종이 올라오기를 기다렸다.

2월, 왕은 국학의 강의를 듣고, 신궁에서 제사를 올렸다. 왕실에서 봉덕사에 행차했다. 사람들이 앞 다투어 봉덕사로 가서 신종을 보고 소원을 빌었다.

붉고, 노란 꽃들이 피기 시작했다. 기다란 굴림목 나무를 땅바닥에 깔고 그 위에 다듬기를 마친 종을 얹고 줄을 걸어서 셀 수 없이 많은 사람들이 당기거니 밀거니 나아가 봉덕사 종각기단 위에 올려놓았다.

얼마나 기다렸던 일인가. 목공장, 기와공장, 스님들이 혼연일체로 일하여 종각을 완성하여 종의 걸쇠를 대들보에 걸고, 종 밑에 있던 굴림목을 치우고 흙을 걷어내니 마침내 신종은 소리를 낼 준비를 마쳤다.

사람 키보다 큰 당목이 신종 앞에 달렸다. 대나마가 가장 먼저 종을 쳤다. 옆에 있던 사람들은 깜짝 놀라는 표정이었으나 아무도 말을 하지 않았다. 그저 서로 쳐다보며 눈만 끔벅일 뿐이었다. 대나마에 이어 스님들과 차박사들도 돌아가며 종을 쳐보았다. 마침내 사람들의 입에서 찬탄이 흘러나왔고, 공장이들은 서로 손을 맞잡으며 기뻐했다. 어떤 스님은 두 팔로 가슴을 안고는 그대로 땅바닥에 주저앉았다. 금정은 이들의 그 놀란 표정이 기쁨에 가득 찬 것이어서 종소리가 좋은 줄 짐작을 했다.

금정은 만교를 데리고 종을 만들었던 터로 갔다. 작업장 가득 해체된 거푸집이 널려있다. 쇳물을 받기 전까지는 누런색이었던 거푸집은 그 뜨거운 쇳물을 견디어 낸 검게 탄 뱃속을 드러내고 있다. 그 많은 놋쇠를 녹였던 용광로들도 엄청난 역사를 완수하고 말없이 서있는 모습이 전쟁에서 승리하고 막 돌아온 병사들처럼 자랑스럽고, 거룩하기까지 하였다.

"만교야. 소리가 어땠느냐?"

"네?"

"소리가 참으로 좋았느냐?"

"조금도 들리지 않았습니까?"

"몰랐느냐? 이제 내 귀는 아무것도 듣지를 못해."

" …… "

"너는 쇳물에 넣어졌던 그 아이의 눈을 보지 못했지."

" …… "

"이제 나는 어차피 듣지를 못하니 만교는 내말을 듣기나 해. 나는 그 아이의 눈을 보았단다. 어디서 많이 본 눈망울이었지만 기억이 나지 않았지. 지금 생각하면 오래전 죽은 딸아이의 눈망울이었네. 나는 그때 쇳물에 내가 들어가야 하는데라는 생각이 일어났어. 번민일까? 아니야, 용광로에서 설설 끓고 있던 쇳물들이 나를 요구하고 있었어. 스님들이 중생들에게 극락정토에 가자고 아미타불을 외치듯이 함께 종으로 들어가자고 쇳물들이 노래를 부르고 있었지. 아! 그때 내가 들어갔어야 했는데. 나는 이제 많이 늙었으니 들어갔어도 아무런 후회가 없었을 것인데. 하지만 나는 그럴 신심이 없었어. 종 공장이의 신명을 다 바치지 못했어. 오해는 하지 말게. 자네보고 그렇게 하란 뜻이 아니니. 그 종의 신령이 나를 불렀는데 나는 그렇게 하지 못했단 뜻일세. 나는 이제 종 공장이로서의 가치가 없으니 아무런 쓸모가 없어졌어. 만교가 앞으로 종을 잘 만들어서 우리 신라 종의 맥을 이어가기 바라네."

" …… "

"내가 귀가 먹어 그 소리를 듣지 못했지만 그 소리를 듣고 있는 사람들의 얼굴표정으로 소리가 참으로 좋은지를 알 수 있었네. 가슴을 밀고 들어오는 종의 떨림으로 보아 이 신종 소리를 능가하는 종소리는 어쩌면 다시는 세상에 나오지 못할 것이라는 생각이 든다네. 자네와 나 그리고 우리 공장들이 만든 것이야. 내말을 이해하겠는가?"

"……"

"그 소리가 어떻던가. 에미야 에미야 하던가, 아비야 아비야 하던가?"

"……"

"어떻던가?"

"……"

"만교야, 내 비록 들을 순 없지만 자네의 입을 보고 알 수가 있다네. 말해주게. 종으로 들어간 그 아이가 어미를 원망하던가, 아비를 원망하던가?"

"에미야 했습니다."

"뭐라구?"

"에미야 했습니다."

"한 소리가 들리던가?"

만교는 눈물을 흘리며 고개를 끄덕였다.

금정과 만교는 다시 종각으로 갔다. 종을 꼼꼼히 살펴보았다. 만교와 함께 종을 만들던 지난 일들이 생생하게 살아났다. 조금도 빈틈없이 나왔다. 금정은 팔을 벌려 종을 안아 보았지만 너무 커서 안기지가 않았다. 가슴으로 종에 기대었다. 신종이 금정의 가슴에서 울렸다. 종두를 올려다보았다. 용이 부릅뜬 눈으로 금정을 쳐다보았다.

너의 소리가 아무리 아름다워도
아이를 삼킨 애절함이라.
힘차게 뻗친 너의 기운
신라왕국보다 더 오래 이 강산에 군림할 것이고
너의 소리는 천지율려가 되어
영원토록 울릴 것이다.
다만 너의 그 강한 기운으로 인하여
왕들이 기운을 잃을까 두렵다.
먼 훗날 큰 금빛 봉황이 오만 보살의 원력으로 깨어나
너와 벗하여 음양을 맞추면
이 강산 삼천도원의 징표가 되리라.

글을 마치며

조각을 하던 제가 올해 소설을 세 권이나 출간했습니다. 팔공산 갓바위 부처님과의 인연으로『갓바위 무지개』, 부석사 의상대사와 선묘낭자와의 인연으로『하늘돌에 새긴 사랑』그리고 이번에 오대산 상원사 봉황대종을 만드는 인연으로『대왕의 종』을 출간했습니다. 뒤돌아보니 불상, 불탑, 범종에 관한 이야기입니다.

저는 세 구의 대종을 만들었습니다. 부석사 주경스님, 선본사 덕문스님, 상원사 인광스님 세 분은 새로운 혁신을 주문했습니다. 처음에는 부족하였지만 차츰 발전을 하였고 마침내 우리나라 현존하는 가장 오래된 범종 '국보 36호 상원사동종' 옆에 제가 만든 봉황범종을 거는 영광을 안았습니다.

종을 만드는 과정은 저의 능력만으로 이루어진 것은 아닙니다. 장인미술 이완규 사장님, 성종사 원광식 사장님, 종종사 전병식 사장님, 정종사 정동후 사장님, 종 이론가 곽동해 박사님, 이은철 고대 철기능 전승장 그리고 함께 일했던 많은 종 공장인들과의 작업과 조언으로 이루어진 것들입니다.

그분들과의 소중한 경험들이 이 책을 쓰게 된 원천이 되었습니다. 이 지면을 빌어 그분들에게 진심으로 감사를 표합니다.

대학에서 조각을 공부하였고, 나름 우리 전통에 대한 논문도 여러 편을 발표하고, 종을 세 구 이상 만들다 보니 애매모호하게 전해져 오는 '한국종'에 대한 역사를 생생한 소설로 정리해보고 싶었습니다. 종에 대한 글줄이나 써보고, 실제로 종을 만들어 본 '내가 이것을 하지 않으면 누가 하겠는가'라는 의무감 비슷한 것도 있었습니다.

감은사종과 황룡사종은 상상이 아니면 되살릴 수가 없었고, 성덕대왕신종과 상원사동종도 실증적 검증이 필요한 학술논문만으로는 도저히 규명할 수가 없는 부분들이 있습니다. 허구가 허용되는 소설밖에 길이 없었다는 것이지요.

일제강점기를 거치면서 원래의 우리 종 제작기술은 사라졌습니다. 제가 밀납을 이용한 종의 제작을 경험했지만 그것이 제대로 된 것인지는 모릅니다. 사실은 아무도 우리 조상들이 어떻게 종을 만들었는지 정확하게 모릅니다. 비록 허구로 이루어진 소설이지만 베일에 가려진 우리 종 역사를 어렴풋이나마 밝히고 싶었습니다.

이제 다시 미술가로 돌아가려 합니다. 큰 인연이 닿기 전에는 다시 글을 쓰기가 어려울 것 같습니다. 종문화사 임용호 사장님, 큰 종소리 한 번 울려야지요!

2015.12월 오대산 상원사 봉황동종을 만들면서

도학회

오대산 상원사 봉황화엄대종 도안(2017. 4. 29 타종식)

대왕의 종 〈소설〉

초판 1쇄 인쇄 2015년 12월 14일 | 초판 1쇄 출간 2016년 1월 23일 | 저자 도학회 |
펴낸이 임용호 | 펴낸곳 도서출판 종문화사 | 편집 이태홍 · 디자인오감 | 인쇄 · 제본 우
진테크 | 출판등록 1997년 4월 1일 제22-392 | 주소 서울시 중구 충무로 4가 120-
3 진양빌딩 673호 | 전화 (02)735-6891 팩스 (02)735-6892 | E-mail jongmhs@
hanmail.net | 값 15,000원 | ⓒ 2016, Jong Munhwasa printed in Korea | ISBN
979-11-954022-9-8 03810 | 잘못된 책은 바꾸어 드립니다.